ハヤカワ演劇文庫
〈38〉

アーサー・ミラー
Ⅳ
転落の後に／ヴィシーでの出来事

倉橋　健訳

ARTHUR MILLER

早川書房

7973

AFTER THE FALL
and
INCIDENT AT VICHY
by
Arthur Miller

Translated by
Takeshi Kurahashi
Published 2017 in Japan by
HAYAKAWA PUBLISHING, INC.
This book is published in Japan by
direct arrangement with
THE ARTHUR MILLER 2004 LITERARY AND
DRAMATIC PROPERTY TRUST
c/o THE WYLIE AGENCY (UK) LTD.

目次

アーサー・ミラーⅣ　転落の後に／ヴィシーでの出来事

転落の後に

登場人物

クェンティン（弁護士）
父（アイク）
母（ローズ）
ダン（兄）
ルイーズ（クェンティンの最初の妻）
マギー（クェンティンの二度目の妻）
ホルガ（ドイツの女性、考古学者）
フェリース（クェンティンの女友達）
ルウ（法律学者、教授）
ミッキー（弁護士）
エルシー（ルウの妻）
キャリー（マギーの女中）
ルーカス（ドレス・デザイナー）
委員長

ハーリイ・バーンズ（牧師）
その他、看護婦、ポーター、秘書、病院の看護人、少年たち、通行人など。

第一幕

この劇は、クェンティンの精神と、思考と、記憶のなかで起る出来事である。椅子が一脚あるだけで、いうところの家具の類はない。壁もなければ、実質的な境界もない。

装置は舞台いっぱいに半円形の三層の平面からなり、奥がいちばん高くなっている。その背後にそびえ立っているのは、ドイツの強制収容所の毀れかかった石造の塔。その二つの見張りの窓は、今は暗く、盲いた者の眼のようである。曲った鉄筋が、折れた触角のように突き出ている。

下の二つの平面は、造形的な空間で、いわば全体が新石器時代の様相を呈しており、溶岩によって形成されたような地形になっている。その溶岩のなかの穴やくぼみにも似て、いろいろな場面が展開する。心は色を持たないが、その思い出は、風景が灰色であるのとは対照的に、鮮明である。登場人物は、岩の下や、岩棚や崖の上など、どこにでも適宜すわる。場面はある限られた場所から始まるかもしれないが、徐々に、あるいは急速に舞台全体に、他の場所に拡がることもある。

人物たちは瞬間的に現れたり消えたりする、ちょうど心に浮ぶ思い出と同じように。だが、かならずしも舞台から退場する必要はない。そのときどきのせりふによって、誰が「生きて」おり、誰が「消えて」いるか、わかるはずである。

それゆえ、心が自己の表面や深みを探ろうとするように、押し寄せては去っていく瞬間性が、全体の効果として出ることが望ましい。

舞台は暗い。はるか遠くに人影がはいってくる気配。足音がきこえる。続いてまた別な足音。照明がかすかにあかるくなると、劇の登場人物たちが思い思いに奥のいちばん高い台の上に下からあがってくる。すぐに坐る者もいれば、そのまま舞台前面までおりてくる者もいる。たがいに相手が判っているようでもあるが、ある者は完全に単独で離れて行動する。彼らは押し殺したような声でクェンティンにささやきかける、ある者は怒ったように、ある者は訴えかけるように。

クェンティンは四十歳代、この集団の中から抜け出て、舞台前面までおりてきている。すべての動きがとまる。クェンティンは〈聞き手〉に——もしその人物が見えれば、舞台の端に坐っているにちがいない〈聞き手〉に話しかける。

クェンティン　やあ！　よかった、また逢えて！　ぼくは元気だ。いきなり呼びだしたりして、わるかったな。それなら結構。ちょっと声をかけたくなってね。ありがとう。（すすめられて腰をおろす。短い間）実はけさ、思いたって電話したんだ。ちょっと決めなければならないことがあってね。よくあるだろう、何カ月も考えあぐんだあげく、いっこうに判らない、どうしていいか。

話しはじめようとして、目をそらす。

ああ……

なにか話しかけられた感じで、びっくりして〈聞き手〉の方をふりむく。

事務所はやめたよ、手紙に書かなかったかね？　そうか！　書いたつもりだったが。十四カ月ほど前だ、マギーが死んで二、三週間して。

マギーが二番目の台の上で身じろぎする。

事件を引き受けても、集中できなくなってしまったんだ、前みたいに。なにか自分の出世のためだけに働いているような気がしてね。むなしくなったのさ。このままじゃダメになってしまうかもしれないが……まあ、第一線からは身を引いたという次第さ……いや、そうでもないさ。いまだにホテルずまいで、あまり人にも逢わず、読書三昧――（微笑し）――窓のそとを眺めている。なぜ微笑がうかぶのだろう。きっと、すべてが終ったような気がしているからだ。そして、また自分を何かに縛りつけようとしている。前にもそんな気持になり、どうにもならなかったのに――

ふたたび話の腰を折られて、びっくりして見る。

おや、あのこと
は知らせたよね？　すると、手紙は夢なのか。母は死んだよ。うん――（彼のうしろで飛行機の音がする）――四、五カ月前だ。そう、急にね。ぼくはちょうどドイツにいたのだが、それも――（上の台にホルガが現れ、クェンティンの姿を探してあたりを見回す）――きみに話したいことの一つだが。ある女に……逢ったのだ、そこで。（にやりと笑う）こんなことがまた起ろうとは、思いもしなかったが、とても親しくなってね。実は、今夜つく、コロンビア大学の学会に出席するために――考古学だ。もう逢わないほうがいいのか、自分でもわからないんだ。そんなかかわり合いを持つのがおぞましい気もするし……まあ、そうだ、だが、これまでの人生を考えるとね。つまるところ、人生は証拠さ、離婚歴が二回だからね。（ふり返って、ホルガをちらっと見あげる）正直いって、少し怖い……いったい何がしてやれるかと。（ふたたび腰をおろし、前かがみになる）このところ、ますます思えるんだ、人生は訴訟中の事件、一連の証拠ではないかとね。若い頃は、いかに勇敢であるか、きれ者であるかを証明しようとする。つぎには、すばらしい恋人ぶりと父親ぶりを、そして最後には、分別があるとか、大物であるとかを立証しようとする。しかし、こんなものはみんな、根は独りよがりさ。ある高さまで昇りつめれば、そこで——有罪か無罪か、とにかく判決をうける。思うに、ぼくの不幸が始まったのは、ある日ふと見あげると——判事の席がからだった。裁判官の姿が見あたらない。そして残されたのは、自分自身との果てしない議論——からの裁判官席を前にしての、人生についてのとりとめのない訴訟だった。むろん、別な言いかたをすれば——絶望だ。絶望も、もちろん、一つの生き方ではある。しかし、それを信じ、受けとめ、心に銘記して、また生きていかなければならない。ところがぼくは、まるで宙ぶらりんなのだ。（短い間）月日が、いや、年でさえもが、むなしく過ぎてゆく。二、三週間前、ふと妙なことに気がついた。この暗さにもかかわらず、毎朝目がさめると、希望でいっぱいなのだ！　何もかも知りつくしているのに——目をあけると、子供のようだ。ちょっとの間、まだ——形にならない約束のようなものが空《くう》にただよう。ぼくはとび起き、ひげをそり、朝食を終るのももどかしく——そう、期待がぼくの部屋に、人生に、むなしさの中に浸みこんでくる。そこで考えた——もしその希望を追いつめ、正体を見つけ、偽りなら殺し、さもなければ本当に自分のものにできれば……

フェリース　(すでに登場している)　おぼえておいで？　二年前、夫と離婚するとき、お世話になった……

クェンティン　(〈聞き手〉に)　どうして出てきたんだろう。先月、偶然街で会ったんだが……

フェリース　おかげさまで――人生が変りましたわ！

クェンティン　(〈聞き手〉に)　何か気になる女でね。

フェリース　(正面をむき、クェンティンのそばに立ち)　主人ったら、あたしと二人だけのときは、まるで子供でしたの。でも、あなたに言われてからは、堂々としていたわ。見直したくらい！　二人しておもてに出てから、なんて言ったとお思い？

クェンティン　(フェリースの方をむき)　最後のお別れに、一緒に寝ないか？　教えましょうか、それともご存じ？

フェリース　どうしてご存じ？

クェンティン　べつに悪いことではなし。

フェリース　でも、離婚したてのその日よ、変だわ。

クェンティン　人間は一度愛したからには、愛することをやめるわけにはいかないんだ。なにも忘れようとすることはない。

ルイーズがクェンティンの方へおりてくる。マギーが奥に金色のドレスをきて、男たちにかこまれ姿をあらわす。クェンティンは〈聞き手〉の方をむく。

まったく、ばかなことを言ったものだ！

マギー　（男たちのなかから、まるで彼に会ったのを喜んでいるかのように、笑いながら）クェンティン！　（彼女は消える）

クェンティン　こういう女たちが、ぼくを傷つけたのだ！　それなのに性懲もなく、おれは。

ホルガ　（花を持って塔の下に現れる。マギーと男たちは暗闇に去る）ザルツブルク（訳註1）見物はいかが？　今夜は「魔笛」（訳註2）をやるはずよ。

クェンティン　（ホルガについて）あの娘に何をしてやれる？

ホルガは去る。ルイーズがクェンティンの前にきている。彼はルイーズに目をやる。

今はもう、他人《ひと》を責める自信はない。

ルイーズ、考えこみながら、奥へ去る。

フェリース　やっと判ったわ、あなたのおっしゃる意味！　ほんとに意味ないのよね、そうでしょう？　誰のせいでもないわ！　それがわかったら、あたし、ずっとうまく踊れるようになった！

クェンティン　（〈聞き手〉に）ぼくにしては、出来すぎた忠告だ！

フェリース　今じゃとても自由に踊れるの！　高くと思えば、高く跳べるし！　じっと考えていて、ぱっと跳ぶのよ。（闇の中へ跳んで消える）

クェンティン　そのうえ彼女は、このあいだの夜、ぼくの部屋に飛びこんできた——生れ変って！　ぼくは、人生とは何なのだろう、という気になった。

フェリース　（飛びこんできて）鼻の手術をしたのよ！　見せましょうか？　医者が包帯をとってくれたけど、また巻いたの、あなたに最初に見てもらいたくて！　いい？

クェンティン　（彼女の方をむき）そりゃいいけど、なぜぼくに？

フェリース　だって――あたしがここへ来た晩のこと、おぼえておいで？　してもらおうかどうか、決めかねていたんです。だって、鼻を変えるなんて、ふまじめな気がして。軟骨の形一つにすべてを賭けるつもりはないけれど。別に答えなくてもいいのよ――でも、あの晩――あたしを抱きたかったんじゃない？

クェンティン　うん、そうだよ。

フェリース　わかっていたわ。それで、どんな鼻にしたって構わないって気になったの。なら、短くしようと！　お見せしましょうか？

クェンティン　ぜひ見たいな。

フェリース　目をとじて。（彼はそうする。彼女は包帯をはずす）オーケイ。（彼は見る。彼女は祝福するように手をあげる）いつも幸せを祈っているわ。あなたの！

彼女が闇の中へ去ると、彼はゆっくり〈聞き手〉の方をむく。

クェンティン　どうも、前の鼻のほうが好きだった。まあ、ぼくが彼女の人生の大事な曲り角にいたのかもしれないが、ぼくにとっては、どうってこともない。いわば、鏡のようなものだ、女が自分を美しく映すための。

遠くで二人の男が、目には見えない棺をはこんでいる。

母の葬儀らしい。

上の台に母があらわれる。死せる者のように、腕を組んでいる。

今でもときどき、街で、大きな声でぼくを呼ぶのが聞こえる。地下で眠っているはずなのに。墓地とは——生ける者が己の姿を映す、埋められた鏡の原のことか。どうも悲しいという気がしない。

父が毛布をかけて、あらわれる。看護婦が二人、ついている。

あるいは、悲しみで死にでもしない限り、悲しみが悲しみと思えぬのかもしれない。

ダンがあらわれ、看護婦の一人と話している。

急いで帰国し、病院で兄に会ったときのことだ。

看護婦は急いで退場。クェンティンは立ちあがり、ダンのところへ行く。

ダン　よく来てくれた。電報など打ちたくなかったんだが、どうしようもなくてね。飛行機は揺れなかったか？

クェンティン　（ダンに）しかし、ほかに仕方ないだろう？　おふくろは死んだんだ、知らせなければ。

ダン　（クェンティンに）しかし、おやじはけさ手術をしたばかりだからね、言えるかい、「ママは死んだよ」なんて？　片腕を鋸で切りとるようなものだ。どうだろう、もうじき来るよといって、鎮静剤でも飲ませたら？

クェンティン　しかしこれは、おやじの問題だからね。五十年も一緒にいれば、おたがいに死も他人事じゃないよ。

ダン　ママはおやじの右腕だった。ママがいなければ、どうにもならなかった。だから――がっくりくるぜ。

クェンティン　なあに、大丈夫、あれでなかなかしっかりしている――（間をおかず、すぐに〈聞き手〉に）おかしなもんだ！……だって、ダンはおやじをいつも崇拝していたが、ぼくは初めから見抜いていた！　ところが立場が急に変る、子供のゲームのように！　人間の関係って、どうもわからん！

ダン　（決心したかのように）よし、じゃ、中へはいろう。

クェンティン　ぼくに話せというのか？

ダン　（気のりせず、不安だが、挑戦されて）おれが話す。

クェンティン　ぼくがやってもいいよ、ダン。結婚と同じで、おやじ自身の問題さ。

ダン　（ほっとして）なら、やってくれ。

二人は一緒にベッドの父の方をむく。彼は息子たちをまだ見ない。二人は、この知らせの重さを感じながら、歩いて行く。歩きながらクェンティンは、〈聞き手〉の方をむく。

クェンティン　これはただ、ぼくが兄貴より残酷なだけなのか？

父は二人を見て、手をあげる。

ダン　（クェンティンを指さし）パパ……
父　こりゃ、また！　どういうわけだ！　ヨーロッパだと思っていたのに！
クェンティン　いま帰ったところ。どう？
ダン　元気そうだね、パパ。
父　「そう」とはどういうことだ？　元気そのものさ！　なんなら、もう一度手術したっていいぞ！　（二人は父と共に高らかに笑う）ほんとさ、医者が心配してるから、言ってやったんだ、「そんなに心配なら、きみが横になれ、手術はわしがしてやる」って！　いい奴だ。まだ二、三カ月はあっちだと思っていたが。
クェンティン　（ためらいがちに）帰るつもりで……
ダン　（話にわりこむ。声がうわずっている）シルヴィアはすぐ来ます。下でパパの買物をしてるんです。
父　ほう、そりゃありがたい！　実はな、あの子はだんだんママに似てきおった。毎日ここに来てくれて……ところで、ママはどこだ？　家に電話するんだが……

短い、空虚な、空白の間。

ダン　ちょっと、パパ、実は……

肝心な点にはふれないで、急に狂ったように叫び、奥の看護婦の方へ行く。
クェンティンは父を見つめている。

父　看護婦さん！　あの……下の売店に電話して、妹がいないか、きいて……ついでに氷をたのんでくれ。ママが来たら、みんなで一杯やるんだ！　ウィスキーは戸棚のなかにある。（クェンティンに）なあ、これからわしは若返るぞ。ママのいうとおりだ、年とったからって、なにも年寄りらしくすることはない。フロリダにだって行くぞ、二人で……

クェンティン　パパ。

父　なんだ？　それ、新しい服か？

クェンティン　いや、前からのです。

父　（思いだして――ダンに、看護婦のことで）グラスもたのんでくれ、もっと要るから。

クェンティン　ねえ、パパ。

ダンは立ちどまり、ふりむく。

父　(何のことかまったく気づかず、帰ってきた息子にほほえみかけながら) うん？

クェンティン　ママは死んだよ。心臓麻痺で、ゆうべ家へ帰る途中。

父　まさか……そんな……そんな――

クェンティン　言いたくはなかったんだけど……

父　ああ！　そんなことって……ああ。

ダン　どうしようもなかったんだよ、パパ。

父　おう、おう、おう！

クェンティン　(父の手をつかみ) ねえ、パパ、しっかりしなくちゃ――

父　(息も絶え絶えにあえぐだけである) ああ、なんてことだ！　そんな……

ダン　ねえ、パパ、だめだよ、そんな――

父　畜生！　わしは何一つ自分で出来ない男だった、あいつは働きすぎたんだ！

クェンティン　なにもパパのせいじゃないよ、誰にもあることだよ――

父　あいつはここに坐っていた。ここに――坐っていたのに！

クェンティン　パパ……パパ……

ダンが近づいてくる、自分も仲間にはいろうとするかのように。

父　ああ――わしの右腕だったのに！　（拳をあげ、また自制できなくなりそうになる）

ダン　面倒はぼくらがみるよ、パパ、そんなに心配しなくたって――

父　いや、大丈夫だ。そう！　もう大丈夫！　これで、いい！

一同沈黙。

で、今はどこだ？

クェンティン　葬儀場の霊安室です。

父　（首をふり、息を強くはく）ふん！

クェンティン　話したくはなかったけれど、やはり知っていたほうがいいと思って。
父　いや、ありがとう、ありがとう。わしは……（クェンティンを見あげて）もっと強くならにゃいかん。
クェンティン　そうだとも、パパ。
父　（誰にともなく……奥の母の姿が消える）これで……わしも強くなれるだろう。（だが、また泣きそうである。顎をぐっとしめ、頭をふり、一点を指さし）ここに坐っていたのに！

父は、看護婦たちとダンにつきそわれて、去る。クェンティンはゆっくりと〈聞き手〉のところへ行く。

クェンティン　結局二、三ヵ月後に、父はわざわざ選挙人登録をおこない、投票した……つまり……あれほどの涙にもかかわらず、父は死にはしなかったということだ。いったい何を話しているのか、いや——それは、結びつくのだ……
塔がだんだんに明るくなりはじめる。彼はそれに心をうばわれる。

ぼくはドイツの強制収容所を訪れた。

彼は塔の方へ近づく。フェリースが、祝福するように手をあげ、あらわれる。

フェリース　目をとじて、オーケイ？

クェンティン　（彼女の力によって向きを変えさせられ）なぜ、あの女のことが心に残るのだろう。（彼女の方へ行く）そうだ、彼女は捧げてくれたのだ……愛を、きっと。それを返さなければ、頼みもしない贈り物でも借りは。

母がまた現れる。フェリースとおなじく祝福するように、手をあげている。

フェリース　いつも幸せを祈っているわ。

フェリースは退場し、母も消える。

クェンティン　彼女が出ていったとき、ぼくは、ばかなことをした。どうしてだか判らない。ぼくのホテルの部屋の壁には、電灯の台が二つ、ついていた……

彼が話しているとき、ネグリジェをまとい、髪を乱したマギーが、第二の台上にあらわれる。クェンティンは自分の嫌悪感とたたかう。

ぼくは初めて気がついた、それが……奇妙な間隔をおいてついているのに。そこで、ふと思った、そのあいだに立ち――(両腕をひろげる)――腕をひろげれば、手が置けるだろうと。

彼が両腕を伸ばしきらないうちに、マギーが起きあがる。彼女の呼吸の音。

マギー　嘘つき！　裁判官！

彼は腕をおろし、自分の想いを中断する。マギーは去る。

こんどはホルガがあらわれ、拷問室の壁にはめこまれた説明文を読もうと、身をかがめる。

クェンティン　そう。強制収容所だ……この女……ホルガが連れていってくれた。

ホルガ　（クェンティンが自分のそばに立っているかのように、〈彼〉のほうをむき）この部屋でみんな拷問されたの。ええ、訳してあげる。

彼女は説明文にもどる。彼はゆっくりと彼女のうしろに近づく。

「左手の扉奥は、金歯を抜き取るための部屋。床の溝にて血を流し去る。時には銃殺にかわり、一人ずつ絞殺す。右手の兵舎は売春宿と呼ばれ、女たちが――」

クェンティン　もういいよ、ホルガ。

ホルガ　でも、まだいろいろと――

クェンティン　（彼女の腕をとり）少し歩こう。田舎って、いいなあ。

二人は歩く。照明が昼に変る。

まったく頑丈な監視塔を建てたものだ！　ここがいい、草が乾いている。坐ろう。

二人は坐る。間。

ドナウ川って、てっきり青いとばかり思っていた。

ホルガ　ワルツのなかだけよ。もっともウィーンの近くでは変るけど。シュトラウス(訳註3)にちょっぴり敬意を表して。

クェンティン　なぜ、こんなに強い衝撃をうけたのだろう。

ホルガ　ご免なさい！　(何か気持の上でしっくりしないものを感じ、立ちあがりかけて——彼を元気づけるように)　やはりザルツブルクへは行きます？　モーツァルトの家を見せたいの。それにカフェがすてき。

クェンティン　(彼女の方をむき)　誰か知っている人が死んだの、ここで？

ホルガ　いいえ。でも、誰でも、一度はここを見ておくべきだと思うの、ただそれだけ。興味がおありだったようね。

クェンティン　そう、だが、ぼくはアメリカ人だ。だから、興味だなんていっていられるんだ。

ホルガ　なにも、そこまで言わなくても。戦後はじめてアメリカへ行ったとき、入れてもらうのに三日間、質問攻めにあった。コミュニストでもユダヤ人でもないのに、なぜ二年間も強制労働させられたかって。ナチの大臣たちと血族関係だといったら、やっと安心してたわ。(訳註4) まるで人生の十五年間が、気違い沙汰のなかで、意味もなく消えてしまったみたい。だから、とても嬉しいの、あなたが興味をもってくださったのが。

クェンティン　（塔を見あげ）怒りで体がふるえるかと思っていたけど、土のかたまりを呑みこんだみたいだ。変だな。

ホルガ　（彼を横にならせようとし、陽気に）さあ、ちょっと横になりましょうよ、そうすれば――

クェンティン　いや、ぼくは――（彼女の手を払う）ご免、押しのけるつもりはなかったんだ。

ホルガ　（あっさり拒絶され、とまどい）丘の上に花が咲いている。摘んできて、車にかざるわ！（急いで立ちあがる）

クェンティン　ホルガ？（彼女はかまわず行く。彼は飛びおき、急いであとを追い、自分の方をむかせる）ホルガ。（だが、何をいえばいいか、わからない）

ホルガ　きっと、一緒に長くいすぎたのね。あたし、リンツ(訳註5)で別な車を借りるわ。いつかまたウィーンで会えるでしょう。

クェンティン　別れたくないんだ、ホルガ。

ホルガ　翼を拡げて飛んでいきたそう。あたしは一人でも平気。仕事が好きだし。あなたが声をかけてくださった時から、なんとなく親しみを感じただけ。こんなこと、初めて……結婚とは別の問題よ。こういうことが恥ずかしいとは思わないし。でも、何かが欲しいの。

クェンティン　きみに何があげられるかな？

ホルガ　いろいろくださるわ……こんなこと、自分でいうのもなんだけど、あたしって、いつも慰めてもらわなければならないような女じゃないわ、ばかげている、そんな女たち……

クェンティン　（彼女の顔を自分の方へむけて）ホルガ、泣いているね——ぼくのため？

ホルガ　ええ。

クェンティン　きみのぼくに対する気持につけこみたくないんだ。正直いって、これまで自分が誠実に生きてきたとは思えない。だから、何かをまた約束しようとしても、つい言葉が出てこない。

ホルガ　人の誠実さなんて、信じられるかしら？

クェンティン　（びっくりして）へえ、きみの口からそんなことを聞こうとはね。これまで付き合った女たちはみんな、根っから信じていたぜ！

ホルガ　でも、どうしてかしら？

クェンティン　（感謝するように彼女に接吻して）なぜここへ何度もやってくるの？　つらい思いをしてまで。

母が、一九二〇年代のミュージカル・コメディの歌を、ハミングで静かに歌っているのが聞こえる。

ホルガ　（間のあとで、不意をつかれて自信なさそうに）さあ……どうしてでしょう。きっと……ここで死なな
かったからね。

クェンティン　（すばやく〈聞き手〉の方をむき）なんだって？

ホルガ　でも、それじゃ意味をなさないわね！　自分でもわからないの！

クェンティン　（舞台の端の〈聞き手〉の方へ行き）人は……何だって？　「死者に代

って死にたいと願う」。いや、わかるな。生きながらえるのは、つらいものな。だが、ぼくは……そうは思わない。現に母のことを考えているけれど、母は死んだけれど。そう！　（ホルガの方をむく）きっと死者が彼女を悩ませるのだ。

ホルガ　戦争の最中でした。学校から出てくると、歩道にイギリスのビラがちらばっていました。強制収容所の写真です。骨と皮の人たち。イギリスのいうことを信じる人たちもいました。わたしは判りませんでした。全然。祖国にそむくって、容易ではありません、特に戦争中は。ヒロシマのことで、アメリカ人がアメリカに反対するかしら？　理由はいつだってつくわ。で、そのビラをわたしの名親――わが国の情報機関の指導者でしたが――のところへ持って行き、きいたんです、これ本当かしらって。「もちろんさ」というんです、「なんでそんなに興奮するんだ？」って。わたしは言ってやりました、「あんたは豚だわ。みんな豚よ」って。そしてカバンを投げつけました。するとその人はカバンをあけ、なかに何か書類をいれ、これを或る所に持っていってくれというのです。こうして、ヒトラーの暗殺を企てる将校たちの連絡係をするようになったのですが……みんな絞首刑になりました。

クェンティン　どうしてきみは？

ホルガ　名前をもらさなかったんです、誰も。

クェンティン　ではなぜ、誠実さを信じられないというの？
ホルガ　（間のあとで）わたしの国の、そんな状態が——長く続きすぎたからでしょう。でも、知らなかったんです。今では、知らなかったのが不思議なくらいだけれど。
クェンティン　ホルガ、そういう不安が大切なんだ……道徳的勝利なんてやつを求めようとしない。ご免、別によそよそしくするつもりはないよ。ただぼくは——　（塔を見あげる）
ホルガ　花を摘んでくる！　（行きかける）
クェンティン　この場所のせいだ！
ホルガ　（ふり返り、深い愛をこめて）わかってるわ！　すぐ戻ってくる！　（急いで去る）

クェンティンはしばらくじっと立ちつくす。塔の存在が重たく、刺すように彼にのしかかる。塔の色がかわる。彼は塔を見あげ、〈聞き手〉に話しかける。

クェンティン　もっと近寄りにくいものかと思っていた。石にしたって、ごくありふれている。ここからの眺めは絵のようだし。なぜここでは何かがわかるのだ？　今はがらんとして何にもないというのに、顔をもち、問いかけてくる、「これほどの真実を、ほかに信じられるかね？」と。そう！　信じている者たちがこれを建てたのだ――恐怖におののきながら――そして、信じるものを持たないぼくは、ここに立っている、なす術もなく。警護の兵士たちがこの丘に車でやってくるのが見える。ぼくは中にとじこめられている。ぼくの名前など、知る者はいない。それでも奴らは、ぼくの頭をコンクリートの床でたたき割るだろう！　訴えてもむだだ……（急いで〈聞き手〉の方をむき）そう！　最後の救いの恵みもないのだ！　かつては社会主義、それから愛。だが、いつも土壇場で救ってくれたかすかな希望も、今はない！

母があらわれる。ダンが登場、彼女に接吻して、去る。

母　（目に見えない少年にむかって）お菓子はいい加減におやめ。今日の結婚式にはどっさりご馳走が出るから。

クェンティン　母だ！　変だな。殺したのだろうか？

母　（ひざまずいて、少年の面倒をみる）そう、靴下どめをして、クェンティン、つべこべ言わないで……ママの兄さんの結婚式だから、靴下がずりおちたりしてはおかしいものね！

クェンティン　（笑いだすが、調子が変る）なぜ母の死が悲しくないのだろう？　ホルガはあそこで泣いたのに、ぼくはなぜ泣けないんだ？　この修羅場に、どうして共感をおぼえるのだろう？

母が笑う。彼は母の方をむく。

母　（少年に）うちの兄弟たちったら！　結婚式はいつも悲劇もいいところなんだから！……今度だって、妊娠して、文なしで、薄馬鹿で——うまくいきっこないよ！だから、おまえには大きくなったら、人を適当にあしらう術をおぼえてもらいたいね。特に女には。

クェンティン　（そばに坐り、母を見ながら）だが、これが強制収容所といったい、なんの関係があるのだろう？

母　マッチで火遊びはおやめ。（見えない少年の手をたたく）オネショをするよ！　そんなひまに、お習字をしたら？　ミミズののたくったような字を書くくせに。それからパパはどこ？　またサウナ風呂に行って寝ていたりしたら、殺してやる！　いつかもうちの兄の結婚式のこと、すっかり忘れてすっぽかしたんだよ。デンプシーとタニー（訳註6）のボクシングを見にいって、トイレの扉があかなくなり、出てきたときは新しいチャンピオンが生れ、結婚式は終っている始末。扉の修理に百ドルとられたわ！　（声をたてて笑う）

父が秘書と共に上の台にあらわれており、目には見えない電話を耳にあてる。

父　じゃ、サザンプトン（訳註7）に電報を。

母　だけど、パパのこと、笑ったりしてはいけないよ、すばらしい人なんだから。

父　六万トンだ。六万。

父は消える。

母　この日までは、部屋にはいってくれば、頭をさげたくなるような人だった。（しみじみと）どのレストランでも、一目見るなり、ボーイたちがすぐ席をつくってくれる。押出しが立派だったからね。ストラウス先生までが、結婚式の時そばまで来て、いうの、「ローズ、見ればわかる、いい人と結婚したね」って。あたしのこと、ずっと好きだったの、ストラウスさん……そうなの、でもね、その頃は一文なしの医学生だったから、うちのお父さんが家へ寄せつけなかったの。それが、あんな胆石の大家になるなんてねえ。可哀そうに！　あたしに読ませようと、小説や詩や哲学やなんかの本を持ってきてくれた！　一度なんかこっそり抜けだして、二人でラフマニノフ（訳註8）を聞いたこともあるわ。（悲しそうに笑うが、苦い思いというより、不思議さのほうが強い）わたしがパパと結婚して二週間後。夕食のとき、パパはメニューをこっちに渡して、読んでくれっていうの。字が読めなかったのよ！　びっくりして、逃げだすところだった！……なぜって？　おまえのおばあちゃんが、えらい、しっかり者だったからね。学校には二カ月やっただけで、店に出したってわけ！　よくいるわ、そういう女って……それなのにパパったら、今じゃ毎年パッカードの新車を買ってあげているのよ。（奇妙な深い不安を感じて）ねえ、字はきちんと書いておくれ、なぐり書きなんて、みっともないよ。物腰とか、しゃべり方は申し分ないんだから！　フィシャー先生にきいてごらん、ママのお習字は何年間も掲示板に張りだされていたんだよ。忘れもしない、ハンター大学の奨学金をとり、クラスの総代だったの……（暗い影が心にしのび寄る）ところが家へ帰ると、おじいさんがいうの、「結婚するんだよ」って。小さな翼で、これから飛び立とうというときに。ずっと大学の入学要項を枕の下にしのばせて眠ってきたのに。何がなんでも勉強したいって！　世の中って、不思議なものだね！

そこへ父親が登場。見えない、若いクェンティンに話しかける。

父　クェンティン、ちょっと会社に電話してくれんか？　（母に）なんだってサウノになんか電話するんだい？

母　結婚式のこと、忘れたと思ったからよ。

父　いっそ忘れたいね、どうせこっちが金を払うんだ。

母　返してくれるわよ！

父　そう願いたいね。いつになるやら知らんが。（くるっと回り、ある所まで行き、見えない電話をとりあげる）ハーマンか？　いや、切らんでいい。

母　おくれたくないわ。

父　三十分おくれたからって、赤ん坊が生れやすまい。
母　よしてよ！　恋をしたのよ、そのどこが悪いの？
父　みんなはおれの金で恋とやらをしでかす。こっちは愛の巣へとじこもりっきりだ！（笑いながら、クェンティンの方をむき）子供は髪を刈ってはいかんという法律でもできたのか？　（ポケットをさぐり、硬貨を一枚投げて）さあ、せめて靴だけでも。（母に）すぐ行くから。先に着替えなさい。
母　カフスボタンはつけておくわ。パパったら、タキシードがすてきなの！

彼女は、そこからある距離まではなれるが、立ちどまり、ふりむき、立ち聞きする。

父　（電話に）ハーマンか？　会計係はまだいるか？　だしてくれ。
クェンティン　（急に、思いだして、〈聞き手に〉）うん、そうだ！
父　ビリーか？　終ったか？　で、どういうことだ、おれはどうなるんだ？
クェンティン　そうだ！
父　新聞を読まんのか？　アーヴィング信託には、どんな手を打てばいい？　あきらめるわけにはいかん。どの銀行だ？

　母が、びっくりして、一段下へおりる。

ニューヨークじゅうの銀行にいったが、手形では払ってくれん。いったい、どうやって金が借りられるんだ？　いやいや、ロンドンにも、ハンブルクにも、金はない。世界じゅう、積荷は動いていないし、海はからっぽだ、ビリー——本当のことをいってくれ、おれはどうなるんだ？

受話器をおく。間。母が彼の背後にやってくる。彼は、嵐を待ちうけるかのように、じっと立ちつくす。

母　何のこと？　何の話だったの？

父は、前を見つめたまま、立つ。しかし母は、その他のショッキングな事実を聞いているらしい。

どういうことなの？　いつからなの？……どれくらい取れるの？　気でも違ったの？　四十万ドル以上もする株があるのよ、それを売れば……

父は声もなく笑う。

あの株を売った？　ついこのあいだ、あたしが新しいグランド・ピアノを買ったのに、何にもいわなかったじゃない？　兄のために銀の食器を買ってやったときも？どうして何にも言ってくれなかったの！　（少し鎮まり、もの思いにふけりながら、二、三歩あるく）それじゃ、保険を解約したら――少くとも七万五千ドルにはなるわ……（立ちどまり、びっくりして振りむく）なんですって！

父は、だんだんに分《ぶ》が悪くなり、面目をうしない、ネクタイをゆるめる。

いいわ、じゃ――あたしの債券を手放しましょう。あした、すぐ……どういうこと？　じゃ、取り返して。あたしには九万一千ドルあるのよ、債券で、あなたから

父　貰ったものではあるけど。あれはあたしの債券よ。あの債券は――（絶句する。恐怖が顔にひろがるが、それが軽蔑の色となる）じゃ、落ち目と知りながら、泥棒に追銭だったってわけね？　間抜けもいいところだわ。

母　仕事には浮き沈みがつきものだ。おれは裸一貫でこの国にやって来たんだ。

父　結婚なんか、しなきゃよかった！

母　（ひどく傷つき）ローズ！　（彼は坐り、目をとじ、うなだれる）

父　姉さんたちのようにやればよかった。親の言うことなんかきかず、自分のことだけを考えて、生きてくればよかった！

母　（近くの一点を指さし）しっ、子供たちが――

父　こうなれば、離婚ね！

母　ローズ、大学出が窓から飛びおりる時代だ。

父　でも、とっておきのお金まで！　（かがんで、彼の顔をのぞきこみ）あんたはバカよ！　白痴よ！

父は、母をさけるように、立ちあがる。二人は、あかの他人のように、見つめ合う。

クェンティン　（塔を見あげ）そう！　あたりまえだ——名前など訊こうとしないのも！

父　（近くの一点を見て）誰か泣いているな？　クェンティンだ。話してやったほうがいい。

彼女は、おろおろと、指さされた方へ行く。一、二歩あるいて、とまる。

母　クェンティン？　着替えなさい。泣かないで、さあ——

母は、〈クェンティン〉が何か言ったので、ちょっと黙る。

何を？　まあ、あたしが言ったって？……いえ、ちょっと怒っただけ、でも、そんなこと言いやしないよ。パパはすてきな人よ！　（笑う）そんなこと、言うはずないでしょ？　クェンティン！　（まるで彼が消えていくかのように、両手をさしのべる）そんなこと、言わなかったよ！　（いなくなった者に叫びかけるように、少年のあとを追うようにして走り去る）言わなかったってば！
父とダンは退場。
すぐにホルガがあらわれ、彼の方へくる。
クェンティン　（塔の方をむき、ひとりごと）名前を訊こうとさえしない。
ホルガ　（クェンティンを探して、あたりを見回す）クェンティン？　クェンティン？
クェンティン　（ホルガに）好きなのかい、ぼくが？
ホルガ　ええ。（両手にかかえている野の花について）どう、車のなかがいい匂いよ！
クェンティン　（彼女の手をつかみ）こんないやな所から逃げだそう。さあ、車まで競走だ！
ホルガ　いいわ！　オン・ユア・マーク！
二人はスタートの位置につく。
クェンティン　負けるなよ！

ホルガ　用意！　ドン！

クェンティンは、突然塔を見あげ、神聖を冒瀆する罪を犯してしまったかのように、その場に坐りこむ。

ホルガはクェンティンの気持をよみとり、彼の顔に手をふれる。

ねえ、クェンティン……ここで殺されなかった者はみんな、もう無実にはなりえないのよ。

クェンティン　でも、きみはどうやってそれを解決したんだ？　生きる目標を見つけ、希望にみちている！

ホルガ　クェンティン、自分自身のそとに希望を求めるのは、間違いだと思うわ。きょう家で嗅ぐのが新しいパンの匂いでも、あすはそれが煙と血の臭いになる。ある日、庭師が指を切ったのを見ただけで気絶しても、一週間とたたないうちに、地下鉄で爆撃された子供たちの死骸を乗りこえる。そうであれば、なんの希望があるかしら？　戦争の終りごろ、死のうとしたことがあります。（立ちあがり、塔の方へと段をのぼる）毎晩おなじ夢を見て、眠れなくなり、病気になりました。あたしに子供がいる夢なんです。夢のなかでも、それがあたしの生命であることはわかりました。でも、その子は白痴でした。わたしは逃げだしました。だが、いつもあたしの服をつかみ、ひざにはいあがってくるのです。そして、ついに思いました。その子にキスできれば、それが何にせよ自分のものなのだから、きっと眠れるだろう。それで、その醜い顔に唇を近づけました。おそろしい顔です……でも、キスしました。人は結局、その人生を自分の手の中につかまなければいけないと思うの。さあ、クェンティン、今夜は「魔笛」があるわ。「魔笛」はお好き？

ホルガは、最上段の塔の下から、退場。

クェンティン　（ひとり）彼女が忘れられない……どうしても。そのくせ、手紙をかいても、「愛をこめて」とはむすべない。せいぜい、「心から」とか、「では、また」くらいだ――（フェリースが舞台のずっと奥に登場）――みごとな逃げ口上だ。是が非でもというような気持をなくしてしまった。本をひもとくか、また結婚を考えるか、いずれにせよ、ぼくのすることははっきりしている――この手と天国をむすぶ糸をたち切ることだ。ばかげているようだが、ぼくは……神に見放された感じだ。

　フェリースが祝福するように手をあげ、それから退場する。

はっきりした義務のようなものがあった時代を思いだす。夕食のテーブル、妻と——（ルイーズがエプロンをつけて現れ、ふきんで銀の食器をふく）——子供と、ぼくが正さなければならない不正におびえる世界があった！　すばらしい！　憶えているね——いい人間と悪い人間だけだった頃のこと？　話は簡単！　とんでもない野郎でも、ユダヤ人を愛しヒトラーを憎みさえすれば、仲間だった。まるで楽園のようなものだ。

　彼は、二番目の台にエルシーがあらわれたことに気づく。彼女はビーチ・ローブを肩からはおり、腕は袖に通さず、客席に背をむけている。

今になってみれば。ああ、自分が信じたもののことを思うと、隠れたくなる！（エルシーを見やり）だが、そんなに若くはなかった。男は三十二歳ともなれば、自分の寝室で客が濡れた水着を着替えるのを見ている……

エルシーは、クェンティンが近づくと、彼の方をむく。ローブは片方の肩からすべり落ちる。

……そして彼女は、二つの胸のふくらみもあらわに、そこに立っている。

エルシー　あら、お仕事はおすみ？　じゃ、泳いだら？　気持いいわよ。

クェンティン　（非常につらそうな笑い。叫ぶ）いや、エルシーは自分が裸だったことに気づいていなかったんだ！

ルイーズが右手に登場、地面に坐るような感じで、腰をおろす。エルシーはおりて行き、ルイーズに加わる。クェンティンは目で彼女を追っている。

それはエデンの園だ！……そう、彼女が結婚していたから！　ブダペスト弦楽四重奏団が演奏しているとき、音をはずしたと言える女がいるか？　日本が満洲を侵略しているからといって――（ルウが奥に登場、裁判の準備書面を読んでいる）――

絹の靴下をはくのを拒否する女が、ざらにいるだろうか？　その夫は、ぼくの友人で、君子のような法律の教授、あの窓のそとの芝生で、最高裁判所に出すぼくの準備書面に手をいれている――その頭の先が、彼女のおっぱい越しに見えていた、やれやれ！　もちろん、ぼくは見た、だが、なるようになれ、というわけだ！　いちいち気にしていたって、はじまらないさ！

クェンティンは、地面に坐っているルイーズとエルシーの方をむく。二人は押し殺した声で熱心に話し合っている。彼は背後から二人に近づく。立ちどまり、〈聞き手〉の方をむく。

わかるかい？　女が二人、ひそひそ話していて、人が来たので急にやめるときは……

エルシーとルイーズ　（急に話すのをやめて彼の方をむき）あら。

クェンティン　話題はセックスに違いない。そのうちの一人がきみの細君だとすると……彼女はきみのことを話していたはずだ。

エルシー　（彼を行かせようとするように）ルウは裏庭であなたの準備書面を読んでい

るわ。とてもよく出来ているって！

クェンティン　それなら嬉しいが。彼がどう言うか、気にしていたんだ。

エルシー　そう言ってやってよ！　ね？　あの人の意見が気になっていたって。それ、大事なことなの。ここ、すばらしいわね。（ルイーズを見、立ちあがり）お二人がとても羨ましい！

エルシーは奥の方へ行き、夫のルウのそばでとまる。彼は非常にやさしい、思いやりのある男。半ズボンをはき、準備書面に読みふけっている。

汽車に乗る前に、もう一度浜辺を歩いてくるわ。きょう、髪をとかした？

ルウ　とかしたと思うよ。（準備書面をとじ、クェンティンのところへおりてきて）クェンティン！　これはすばらしいよ！　準備書面どころか、堂々たる内容だ、第一級の学術論文だよ！　（エルシー退場。ルウは、満足げに笑いながら、エルシーの後を見送っていたクェンティンの袖を引っぱる）友達であることを光栄に思うよ！

クェンティン　こっちこそ、ルウ――

ルウ　（片手をルイーズにまわし）これできみの人生は変るだろう！　一つ、お願いがあるんだ。

クェンティン　何なりと、ルウ。

ルウ　エルシーに読ませてやってくれないか？　突拍子もないお願いだが。

クェンティン　いや、そんなこと。うれしいよ。

ルウ　あいつもひどくこたえてるんだ――ぼくの喚問や、新聞のひどい見出し。とにかく、そういうことが二人の関係全体に影響しているんだ。だから、気持を尊重してやることが――たとえば、ぼくの新しい教科書の原稿を見せたが、その意向をいれて、出版を一時延期したんだ。精神分析をうけているせいか、ひどく敏感になっている――

ルイーズ　あら、ロースト・ビーフを！　（奥へ去る）

クェンティン　だが、あまり先にならんほうがいいな。いま何かを出版することが大事なんだ。奴らに思い知らせるためにも。

ルウ　（自分のうしろをちらっと見て）だがね、大学の教科書だよ。それに、エルシーにいわせると、新しい攻撃の的になるそうだ。

クェンティン　もう取調べはすんだのだ。これ以上、どうということはあるまい？

ルウ　こんど攻撃をうけたら、大学をやめざるをえない。この前ぼくを救ってくれたのは、ミッキーの一票だった。ぼくが証言を拒否したとき、理事会の席ですばらしい演説をしてくれた。
クェンティン　ミッキーらしいな。
ルウ　そう。だが、エルシーは——いま出版すれば、新しい火種になるというんだ。といって、出版をやめるのは、ぼくにとっては一種の自殺行為だ——自分が知るすべてがあの本の中にある。
クェンティン　きみには出版する権利がある。過去に急進的《ラディカル》であったにせよ、悪いことはない。われわれが左翼にいったのは、そこに真実があると思ったからだ。なにも恥じることはない。
ルウ　（苦しそうに）畜生、そうなんだ！　ただ——これはまだきみに話していないが、
クェンティン……（彼は、そのまま、その場で動かなくなる）
クェンティン　（舞台の端の方へやって来て、〈聞き手〉に）そう、その日世界が終った。もう誰も無実ではありえない。あっという間に、すべてが崩れ落ちた！
ルウ　（まっすぐ正面をむいて話す）ロシヤから帰り、ソビエトの法律についての研究を出版したとき——自分が見たことの多くを省いた。嘘をついたのだ。それなりの理由があってのことだが、やはり嘘は嘘だ。

エルシーとルイーズが、親しそうに話しながら、登場。しかし声は聞こえない。

不思議なことだ――ぼくは欠点だらけだが、嘘だけはついたことがなかった。それが党のために、嘘をついてきたのだ、何年ものあいだ。だからこそ、今度の本では、自分に真実でありたい！　ぼくが怖れるのは、他からの攻撃ではない、自分が信じられない嘘を守りつづけることだ！　（ふり返り、エルシーを見て、びっくりする）

エルシー　ルウ、おどろいたわ。その問題は話がついたと思っていたのに。

父とダンが奥にあらわれる。

ルウ　そうさ、ただ、クェンティンの気持が知りたかったんで――

エルシー　シャツが出ているわよ。

ルウは急いでシャツを半ズボンのなかに突っこむ。エルシーはクェンティンの方をむく。

出版など、すべきじゃないわよ、ね。

クェンティン　しかし他に方法は――

エルシー　（激しい驚きの色をおさえて）でも、問題は情況よ！　ルウはあなたと違うわ。あなたやミッキーなら、荒波にもまれながら、自分の仕事をやっていけるわ。でも、ルウは根っからの学者肌、とても無理よ、大学を離れて――

奥の父のそばに、母があらわれる。

ルウ　（無理に苦笑しながら）ぼくだって、そんなに弱くはないぜ、いざと――

エルシー　（急に軽蔑の色をこめて、ルウに）もう幻想に生きる時代じゃないのよ！

母　バカよ、あんたは！　白痴！

クェンティンはおどろいて、急いで母の方をむく。母は、坐っている父の前に、責めるように立ちはだかっている。

クェンティン　（母が去って行くのを見まもりながら）なぜすべてがバラバラになるように思えるのだろう？　かつて一つだったことがあるのだろうか？

わたしの債券は？

母は退場。ちょっとの間、父とダンは、絶望にうちひしがれたようにじっと動かず、闇のなかに残っている。

ルイーズが立ちあがる。

ルイーズ　クェンティン？

彼は目を地面にむける。それから〈聞き手〉に……

クェンティン　あれではなかったのか、ホルガが言った恐ろしいことは？

ルイーズ　精神分析をうけてみることにしたわ。

クェンティン　自分の人生をうけとめること——白痴の子供のように、か？
ルイーズ　ちょっと話があるの。
クェンティン　しかし、誰でもが本当にできるのだろうか？　自分の生命にキスをする？
ルイーズ　（一瞬とりつくしまがなく）坐ってよ、ね？

彼女は考えをまとめようとする。彼は、回想に心が痛むかのように、ためらう。それはまた、彼がこれを生きていたころは、苦悩にさいなまれていたからである。彼は、自分の椅子に近づきながら……

クェンティン　（〈聞き手〉に）それはまるで——一つの出会いのようなものだった。七年間、そんなふうに話し合ったことはなかった、ただの一度も。
ルイーズ　あたしたち、まるで——（長い間。彼女は自分の考えがかたまっていくのを見つめている）——結婚していないみたい。
クェンティン　ぼくらが？

本心なのだ、彼女が言っていることは。だが、言葉がうまく出てこないため、いささか切り口上の感がある。

ルイーズ　あたしなんか、どうでもいいのね。
クェンティン　（察して）金曜日の夜のことかい？　車のドアをあけてやらなかった？
ルイーズ　それもあるわ。
クェンティン　だけど、ドアはいつも自分であけていたじゃないか。
ルイーズ　いつも、何だって自分でやってきたわ。でも、だからって、それでいいとはいえないの。みんな知っているわ、クェンティン。
クェンティン　何を？
ルイーズ　あなたのわたしに対する態度。わたしなんか、いないも同じ。普通はもっと、理解し合おうとするんじゃないかしら。わたしはそんなにつまらない女じゃないわ。世間に出れば、男にも女にも、興味をもたれるわ。
クェンティン　そりゃ、ぼくは——（言葉をきる）よくわからんな、何のことか。
ルイーズ　女っていうものがわかっていないのよ。
クェンティン　無視しているつもりはないけど——現に昨夜だって、裁判の準備書面を読んで聞かせたじゃないか？
ルイーズ　裁判の書類を読むことが、話し合うことなの？
クェンティン　気になっていたものでね。
ルイーズ　気になるのがそんなことだけなら、何のために奥さんが要るの？
クェンティン　どういう意味だい、その質問は？
ルイーズ　それが質問なのよ！
クェンティン　（短い間。怖れと驚きをもって）どんな質問？
ルイーズ　わたしって、あなたにとって何なの？　これまで――何かあたしにきいてくれたこと、ある？　個人的なことで？
クェンティン　（驚きがたかまる）だけど、何をきけばいいんだね？　知りつくしているというのに！
ルイーズ　いいえ。（危険を感じさせるような威厳をみせて立つ）何にもわかっていません。（間。慎重に話をすすめる）もう自分を恥じるつもりはありません。これまでは、こういうものだと思っていたけど。目をかけてもらえないのも、自分に価値がないからだと思っていました。でも、今は思うんです、あなたには女を見る目がないと。まあ、お母さんは別にして。お母さんの気持はわかるのね、いまは不幸せとか、心配ごとがあるとか。でも、あたしのことは、さっぱり。ほかの女のことも、そう。

エルシーが二番目の台にあらわれ、前とおなじように、ローブを落しかける。

クェンティン　そんなことはない。ぼくは——
ルイーズ　エルシーだって、気がついてるわ。
クェンティン　(やましさを感じ、エルシーの幻影から目をそらし) 何だって？
ルイーズ　あきれていたわ。
クェンティン　なぜ？　なんて言った？
ルイーズ　女の人がいても、まるで気がつかないみたいだって。
クェンティン　ああ。(拍子ぬけして、わけが判らなくなり、沈黙する)
ルイーズ　そのくせ、あの女《ひと》が自分に気があることは知っている。

エルシーは消える。クェンティンはまじめにうなずく。突然〈聞き手〉の方をむき、苦渋にみちた、皮肉な笑い声をあげる。それから急に笑うのをやめ、ルイーズの前で沈黙にもどる。ルイーズは不安気に口をきる。これは彼女の最初の対決の試みである。

クェンティン？

彼は沈黙のまま、立つ。

クェンティン？

彼は黙っている。

黙っていては、なんの解決にもならないわ。もう、こんな暮しはいや。

間。クェンティンは勇気をふるいおこす。

クェンティン　ぼくがしゃべらないのは、いつか本当の気持をいったら、半年も許してくれなかったからだよ。

ルイーズ　（怒って）半年だなんて。二、三週間よ。ちょっとやりすぎだったけど、当りまえよ。旅行から帰るなり、一緒に寝たいような女に逢ったなんて言うんですもの。

クェンティン　そんな言いかたはしなかった。

ルイーズ　したわよ。結婚一年目だというのに。

クェンティン　そうは言わなかった。話したのはバカげているが、お世辞のつもりだったんだ。だって、きみという人がいるから、手もふれなかった。それなのに、一年近く、まるで信用のならない怪物扱いだ。（すぐに〈聞き手〉に）なぜ、彼女が言うとおりだとすぐ思うのだ？　そこが問題だ！　そう――今にしてみれば！　無実か？　無実であれば、いつもいいというのか？　では、なぜ、おれはそうなれないのだ？

塔があらわれる。

この修羅場でさえ！　なぜおれは、ここで、共犯者のように頭をさげるのか！

母が奥にあらわれる。

クェンティン　ふん、おわかりなら、どうぞ。（母の方をむき）どういう意味での裏切りか？

母　すてきな詩をもって来てくれたのよ！　ストラウスは、わたしをわかってくれた。ところがパパは、結婚二週間後に、わたしにメニューをわたした。読めと！

クェンティン　ああ！　そう！　それで子供に……字の読める、本の好きな、子供に——

——！

母　あんたには、きれいな字を書いてもらいたいの、そして、なってほしい……

クェンティン　（納得がいく）……共犯者に！

母　（がっくりしてまだ坐っている父にむかい）わたしの債券は？　話してもくれないのね？　あなたは間抜け？　白痴もいいとこ！

クェンティン　（母と父が暗闇に去って行くのを見まもりながら、〈聞き手〉に）この世の中には、どうしてこうも裏切りが多いのだろう？

ミッキーが奥にあらわれる。そして黙ってルイーズと向かい合う。

それを全部、母親たちに押しつけようというのか？　不満を墓場まで隠しつづけ、息子たちが己れのしなかったことに対しても罪の意識をもつまで、その信念を分裂させない母親はいないのか？　先へいこう――ここに、ぼくの究極の挫折感がある――他人がすることに対し、自分は責任も罪もないというのは、正しいのだろうか？

父とダンは暗闇に去る。塔が暗くなる。

ミッキー　（ルイーズに、にこっと笑い）立派なご亭主だね？
ルイーズ　そうよ！
ミッキー　（クェンティンのところに来る。クェンティンは彼の方をむく）すばらしい準備書面だ。感動したよ。
ルイーズ　ルウとエルシーが来ているわ。
ミッキー　へえ！　知らなかった。今日はすてきだね、ルイーズ、いきいきとして。
ルイーズ　ありがとう！　うれしいわ！　（恥ずかしそうに、声をださずに笑う。クェ

ンティンをちらっと見て、去る）
ミッキー　何かあったのかね。
クェンティン　（当惑して）さあね、精神分析をうけるそうだ。
ミッキー　やはり何かあるんだ。（頭をふり、相手を思いやるように笑い）きみは早く結婚しすぎたよ。ぼくもそうだが。しかし、きみは女遊びはしないよね？
クェンティン　しないな。
ミッキー　じゃ、何もやましいことはないじゃないか？
クェンティン　つい最近まで、気がつかなかった。
ミッキー　じつはね、ぼくが初めてそんな目にあったとき、一日に五分だけ、妻を他人だと思うことにした、あかの他人と。女の不可解さに対して敬意を表さなくちゃ。はじめは五分間。今ではぼくは、一時間もつぜ。
クェンティン　まあ、ゲームみたいなもんだな？
ミッキー　まあ、そうさ。人間、一緒になってしまえば、そうそう尽してもいられまい。つまり、伴侶とはいえないわけさ。
クェンティン　まあ、そうだろうな。

間。ルウとエルシーの声が舞台のそとから聞こえる。ミッキーは、ある地点まで歩いて行き、崖の上からの感じで下を見おろす。

ミッキー　ルウときたら、見ろよ、泳げないもので、犬みたいにバチャバチャやっている。（もどって来て）あの男は好きだよ。今でも。クェンティン、喚問されたんだ。

クェンティン　（びっくりして）ええっ！　委員会に？

ミッキー　電話したとき、町に出てきてもらいたかったんだ。今じゃ、もうどうでもいいけど。

クェンティン　ふとそんな感じはしたんだが――なにか、それ以上知りたくなかったものので。悪かったな、ミック。（〈聞き手〉に）そう、見ないこと！　知ろうとしないこと！

長い間。二人とも、相手をまともによく見られない。

ミッキー　まるで地獄だ、クェント。変だね――何を支持するかを調べるなんて、理論としてではなく、生死にかかわる問題として。理不尽な話さ。

クェンティン　大事なことは、怖れないことだ。
ミッキー　（間のあとで）まあ、そうだろうね。
間。二人は前を見つめている。ついに、ミッキーがクェンティンの方をむき、彼を見る。クェンティンは、ミッキーと向き合う。ミッキーはほほえもうとする。
クェンティン　（笑いとばそうとするが――恐怖がたかまってくる）なぜ？　きみは、もう、ぼくの友人ではなくなるだろうね。
ミッキー　本当のことをしゃべるつもりだ。
間。
クェンティン　どういうことだ？
ミッキー　名前を――挙げるつもりだ。
クェンティン　（信じられないように）なぜ？

ミッキー　なぜって――そうしたいからさ。この十五年、どこへ行っても、何をしゃべっても、いつも人をだましているような感じだった。

クェンティン　でも、自分のことだけを言えばいいじゃないか？

マギーが登場、二番目の台に横になる。

ミッキー　やつらは名前が知りたいんだ、そして根こそぎやっつけたいのだ――

クェンティン　それは間違いだな、ミック。こういうことは、いずれは過ぎる。後悔するぜ。とにかくマックスは、こういうやりかたに反対しているんだ！

ミッキー　そのマックスと話し合ったんだ。ぼくが証言しなければ、事務所をやめてもらうとさ。

クェンティン　信じられん！　デヴリーズはどうだ？

ミッキー　デヴリーズもいたよ、バートンもほかの連中も。あの時の顔を見せたかったな。十三年もいっしょに仕事をし、テニスをやってきた仲間がだよ、「わたしはかつて――」とやったとたん、石のように黙りこんだ。

塔が明るくなる。

クェンティン　(〈聞き手〉に)ほら、すべては、一つだ！　人間て、お互いに何なのだ！

ミッキー　ぼくにわかるのは、自分がまともに、胸をはって生きてゆきたいということさ！

ルウが水泳パンツ姿で登場。ミッキーを見つけて大喜びをする。塔が暗くなる。

ルウ　ミック！　きみの声だと思ったんだ！　(ミッキーの手をつかむ)どうだい？

ルウとミッキーは抱きあったまま、じっと動かなくなる。

ホルガが上段に花をもってあらわれる。

クェンティン　(ホルガを見あげ)どうして、また、約束なんかするのだ？　そういう約束には、こりていたはずだのに？

ホルガ、去る。

ルウ　（もとにもどり、ミッキーと下におりてきながら）問題は、ぼくの本をいま出版するかどうかだ。エルシーは、やぶ蛇になるというんだが。

ミッキー　しかし、いい機会ではないかな？　男は、けじめをつけなければならない、自分のしたことに、今の自分に。結局はきみがすることだ。

ルウ　同感だよ、まったく！　（ミッキーの腕をつかみ、クェンティンも自分の感情のなかに含め）昔みたいに、みんなで集まろうよ！　たのしかったなあ、いろんな話が出て！　もちろん、きみが忙しいのはわかっているけど――

ミッキー　エルシーはあがってくるかな？

ルウ　会いたいかい？　下の浜辺にいるから、呼ぶよ。（行きかけるのを、ミッキーがとめる）

ミッキー　ルウ。

ルウ　（奇妙な何かを感じて）なんだい、ミック？

クエンティン　（空を仰いで）ああ。

ミッキー　喚問されたんだ。

ルウ　なんだって！　（ミッキーは、地面を見つめたまま、うなずく。ルウはミッキーの腕をとる）そうだったのか、ミック。しかしだね——気休めかもしれんが、ひとたびあそこに出ると、意外に簡単なんだよ！

クエンティン　やれやれ！

ルウ　何もかもが消えていくみたいなんだ——自分というもの、自己の真実以外は。

ミッキー　（短い間のあとで）もう連中の前に立ったんだ、ルウ。二週間前に。

ルウ　ほう！　それで終りじゃないのかい？

ミッキー　（間。顔にこわばった微笑をうかべ）ぼくの方から、話したいことがあるといったのだ。

ルウ　（わからなくなり、目をみはって）なぜ？

ミッキー　（注意深く考えをまとめながら）真実を話したいんだ。

ルウ　（信じられないような恐怖が初めてたかまる）どういう？——どういうことだ？

ミッキー　ルウ、委員会の部屋を出たとき、自分がしゃべったという気がしなかった。別な何かが、無意識で非情な何かがしゃべったのだ。ぼくは自問した。答えるのを拒否して何を守ろうとするのかと？　ルウ、終りまで言わしてくれ！　たのむ。党か？　だけどぼくは党を軽蔑している、何年も。きみと同じで。だが、いざ名前を告げようとすると、何かがある、喉をとざす何かが。ぼくは何を守ろうとしているのだ？　今ではそれは夢だ、連帯という夢。事実、ぼくは名前をあげてもいいと思う連中に、なんの連帯感も持っていない、きみは別として。われわれはみんな共産党員《コミュニスト》だったのではなく、若かったからだ。話すときだって――まるで世界中の不正に立ちむかう同胞愛のかたまりのようだった。だからこそ、その愛の名にかけて、いま自分に対して真実でありたいんだ。真実とは、ルウ、ぼくの考える真実とは、党は陰謀の巣だと思うんだ――どうか終りまで。ぼくらは騙されていたような気がする。ぼくらの正義感をとりこんで、ロシヤのために利用したのだ。保守反動の連中がそう言うからといって、真実に背をむけ続けるわけにはいかない。ぼくの意図は――おたがいの愛を、政治的な泥沼から切りはなすことだ。なにも今はじめてではなく、この五年間、おたがいに話し合ってきたことだが。

ルウ　それで――どうしようというのだ？

ミッキー　一緒にもどろう。ぼくと行こう。そして質問に答える。

ルウ　名を――名前を挙げるのか？

ミッキー　そう。かつての支部の連中には話したよ。ウォードとハリー以外は、賛成してくれた。二人には罵倒されたよ、案の定。

ルウ　（呆然として）つまり——ぼくの名前をだすのを許してくれというのか？

間。

ミッキー　まさかぼくの名前を……（からだが震えはじめる）そんなことをすれば、保身のためにぼくを売ることになるんだぜ。名前が出れば、ぼくは解任だ、失脚だ、一生がめちゃめちゃだ。

ルウ　ぼくはききたい、ルウ、きみはなぜ——

ミッキー　だって、みんなが信義を破れば、文明社会なんてなくなるじゃないか！　委員会のやつらが俗物づらしているのは、そのせいだ！　きみがつまらん宣伝屋の手にのって、真実だの正義だのというのは、おどろきだ！　ぼくは一言ももらさない！　絶対に！　そう、きみの十一室のアパートや、自動車や、金が、なんだというんだ！

ミッキー　（こわばり）嘘だ！　金の問題にすり変えたりして！　ルウ！　それは違

う！

ルウ　（ミッキーの方にむきなおり）本当のところはだ、きみは怖くなったのだ！　そして魂を売った！

エルシーが奥にあらわれ、聞いている。
ルイーズが登場、見まもる。

ミッキー　（怒って、しかし抑えて）では、きみは？　ルウ！　きみはどうだ、きみの魂は？

ルウ　（涙をうかべて）よくもそんなことを！

ミッキー　（怒りにふるえながら）文句があるのなら、自分もとっくり考えてみることだね？　きみのその高い人格――完璧な誠実さは、借り物ではないのかね？　きみがロシヤの旅から帰ってきた時のことを思いだすのだがねえ。最初の原稿をぼくの家の暖炉に投げこませたのは、誰だったかね！

ルウ　（エルシーの方をちらっと見て）なんだって！

ミッキー　きみが真実の本を焼き、嘘っぱちの別なのを書くのを見たのさ！　エルシーがそうしろと言ったからだ、おどかされて、魂をとられたのだ！
ルウ　（拳を空に振りながら）なんだと、こいつ！
ミッキー　そう言うのは、きみの良心か、それとも奥さんのか？　どっちがしゃべっているのだ？
ルウ　この人でなし！

ルウは急に泣きだし、エルシーの方へ歩きだす。間近かで彼女と顔をあわせる。彼女の顔には恐怖の色がうかんでいる。ミッキーは舞台前方でふり返り、照明の遙かはずれの、舞台を横切った一方の端にいるクェンティンを見る。そして……

ミッキー　（クェンティンの気持を読み）きみはあの準備書面、誰かほかの人にも目を通してもらいたいのではないかな。（間）クェント。

クェンティンははっきりしない。しかしミッキーの言葉を反駁するでもなく、彼の方をむく。

さよなら、クェンティン。

クェンティン　（沈んだ声で）さよなら、ミッキー。

ミッキー、去る。

エルシー　あのひと、道徳的白痴よ！

ホルガが奥にあらわれる。クェンティンはエルシーの方を見る。彼に見つめられてか、あるいは彼女の心の奥に何かあるのか、エルシーはローブの前をあわせ、しっかり押さえる。

とても信じられないじゃない？

ルイーズ、退場する。

クェンティン　（静かに）そう。

エルシー　あれほどの友情の後に！　長い、長いつき合いだったのに！

彼女はルウのところへ行き、立たせて連れて去る。収容所の塔がよみがえってくる。クェンティンは一同から離れ、ゆっくりと塔の方へ行き、見あげる。

ホルガが花を持っておりてくる。彼女はクェンティンから少し離れて立つ。クェンティンは彼女の方をむく。

クェンティン　ぼくを——愛してる？

ホルガ　ええ。

一瞬のためらい。それから急に〈聞き手〉の方をむき、叫ぶ。

クェンティン　ぼくが求めているのは、この世にありもしない純真さなのか？

ホルガ退場。こんどはルイーズが彼に近づく。

ルイーズ　クェンティン、どうしてもわからないの、このあいだの晩、パーティのとき、なぜあんなに怒ったのか。

クェンティン　別に怒りはしないよ。ただ、ぼくが話そうとするたびに口をはさんで、こっちが言いかけたことを邪魔するからさ。

ルイーズ　お酒のんで、少し酔っていたのよ。とても幸せな気分だった、みんなと違ってあたしを避けたりせず、そばにいてくれたから。

クェンティン　しかしマックスやデヴリーズもいたんだぜ、誰も避けようなんてしないよ。ぼくはルウの事件に勝ちたいだけだ——事務所の連中に対する精神的勝利ではなく——それを、きみが、ひやっとすることを言うから……

ルイーズ　クェンティン、あたしが新しいワクチンのことを話していたときだって、怒ったわ。

彼は思いだそうとする、彼女のいうとおりだと信じて。

あれはどういうこと？　あたしが自分の意見をいったりすると、心配なのね。あたしのことなんか、どうでもいいみたい。

クェンティン　（あきらかに当惑している調子には、基本的には譲歩していることがうかがえる）本当はね、ルイーズ、ぼくは自分でも自信がなくなってきているんだ。ルウの件は喜んで引きうけたさ、だが、まともな弁護士が誰ひとりとして彼に手をかそうとしない、それがひどくこたえる。人間関係をおおう、目に見えぬ網のようなものさえ、なくなったみたいだ。それがいつも、頼りだったのに。人間がこうも簡単にダメになるものだとは思わなかった。これは、政治的問題よりも大きなことだ。ぼくは少し怖くなってきた。

ルイーズ　（非難するのではなく、彼に同情してもらいたくて）じゃ、あなたの上着のポケットにあの手紙を見つけたとき、あたしがどんな気持だったか、おわかりね。

クェンティン　（彼女の方をむき、気がつき）あれは、きみを裏切るつもりはなかったんだ、ルイーズ。（彼女は答えない）あの娘のことは、ケリがついたと思っていたのだが。そうだろう？　（彼女はまだ答えない）きみは、ぼくが今でも――

ルイーズ　（直接彼に）何をしているか、わかったもんじゃないわ。何年か前、あの別な娘のことでは本当のことを話してくれたと思ったわ。それなのに、この春またあんなことがあっては――わかりゃしないわ。

クェンティン　（間のあとで）だけどね、このあいだの晩のパーティまでは――事実この一年ほど、きみは前より幸せそうだったぜ。はっきりいって、あの晩までは、二人して何かを築いているような気がした！

ルイーズ　なぜ？

クェンティン　ぼくがきみをどう思っているか、一所懸命わからせようとしてきた。それは知っているだろう？

ルイーズ　クェンティン、いつもいらいら怒ってばかり、あたしが盲だと思う？

クェンティン　ぼくが怒っているのは、いつまでも裁かれているからだ。きみ自身、罪のない局外者といえるか？

ルイーズ　尽せるだけのことはしたと言ったわ、大した要求もしなかったし。

クェンティン　去年の夏、やって来て、ぼくが変らなければ離婚する、と言わなかったかね？

ルイーズ　するとまでは言わなかった。

クェンティン　このままなら、離婚だと言ったぜ。これが尽すことになるかね？

ルイーズ　浮気する男を、よろこんで送りだせるかしら？

クェンティン　ぼくがどれだけ恥じ入れば、気がすむんだ？　自分のやったことは悔んでいる。だが、あのとき説明したはずだ――出来心だったのだ。するべきではなかったが、してしまった、つい何かを求めて――

ルイーズ　それなのよ、クェンティン――あなたはまだ弁護しようとしている。今でも。

これは真実なので、彼はやめる。

クェンティン　では――きみにはまったく責任がないというのか？

ルイーズ　どうして？

クェンティン　うん、たとえば――ベッドでぼくに背をむけたりしないかね？

ルイーズ　しなかったわ。

クェンティン　背をむけたさ。ぼくは正気だぜ！

ルイーズ　では、どうしろというの？　あなたも、黙って冷たく、あたしの上に手をおくわね？

クェンティン　（打ちのめされる）まあ、ぼくは――感情をはっきり出すほうではないからな。（短い間。彼は彼女の同情にすがろうとする）ルイーズ――ぼくはきみのことを心配しているんだ。昼も、夜も。

ルイーズ　（少し心が動くが、十分ではない）そりゃ、子供がいるんですもの、気にかかるのは当りまえでしょう。

クェンティン　（深く傷ついて）それだけかね？

ルイーズ　（きわめて理性的に）ねえ、クェンティン、あなたは女に、ある雰囲気をあたえてもらいたいのよ。雰囲気には、むずかしい問題はないし、褒められていい気になっていられる――

クェンティン　褒められたってよかろう、どこがいけないんだい？

ルイーズ　あたしは褒める機械じゃないわ！　影法師でもなければ、あなたのお母さんでもない！　ひとりの別な人間なの！

クェンティン　（彼女と、その背後にあるものを見つめる）なるほど。

ルイーズ　別に罪ではないわ！　一人前の大人なら！

クェンティン　（静かに）そうだろうね。しかし、困ったことだな。じじつ、ルウが教え子を訪ね歩いても、誰も引きうけようとしなかったとき、ぼくも同じ考えをもったよ。

ルイーズ　ルウと何の関係があるの？　立派だとは思うわ、あなたが――

クェンティン　そう、しかし、ぼくがきみのいう立派なことをしているのは、ひとりの別な人間になるのが耐えられないからだ。そう。本当は、赤い弁護士なんていわれたくはないし、新聞の餌食にもなりたくない。そうなれば、ルウは自分で弁護するほかない。しかし、あの人のいい男――世の中のためしか考えなかった男が打ちひしがれて、ぼくの机の前に坐っているのに――どうして言える、ぼくの関心は、もうきみとは違うのだ、きみが変らなければ、絶交だ、ぼくらは別な人間だからなんて！

ルイーズ　あなたは完全に混乱している！　ルウの事件とは何の――

クェンティン　（自分の考えをつかまえようとして）その混乱していることを話しているんだ！　ミッキーだって、別な人間になってしまった――

ルイーズ　変な人、あなたって！

クェンティン　母にしたって、そうだ――

ルイーズ　あたしも同じだと――

クェンティン　ルイーズ、説明してくれと頼んでいるのだ、よくわからないから！　つまり、別な人間と思うようになったのは、いつだ、いったい何があったのだ？

ルイーズ　（心もとないが、誇りをもって）成熟したからよ。

クェンティン　どういうことだ？
ルイーズ　別な人間の存在に気づくことよ、クェンティン。むだに精神分析をうけているわけじゃないわ。
クェンティン　（探る）多分それは、ある種の病例の症候だろうが、ルイーズ、誓ってもいい、きみが一度だけ、自分からすすんで、きみが正しいにしても——ぼくのそばに来て、何か大事なことで、自分が悪かった、すみませんと言ってくれれば、助かるんだ。

彼女は沈黙している——誇らしげに、自分をふたたびおとしめるようなそんなことは拒否するというように。

ルイーズ？
ルイーズ　まったく、バカもいいとこ！　白痴よ！　（退場）
クェンティン　ルイーズ……

彼は書類に目をおとす。照明が変る。陽気な音楽が聞こえる。公園である。

いろいろな人物があらわれ、腰をおろしたり、ぶらついたりする。心が落ちついている日など、ごくわずかなものだ。一枚の壁掛けが四、五本の釘に引っかかっているみたいに。特にあるがままの、平常心でいられる日は。主義や主張がなくなるときがそうなのだろう。灰色にとざされたものではなく、あるがままのものが見えはじめる。公園のベンチさえも、大勢の人間をのせて、生きているようにみえる。「今」という言葉は、窓ごしに投げこまれた爆弾のように、カチカチと時をきざんでいる。

一人の老婆が籠にいれたオウムを持って横切る。いま一人の女がオウムを散歩につれて来ている。あの女が死んだら、どうなるのだろう？　ものにはすべて思いがけない帰結がある。

ツイードの服をきた平凡な娘が一人、本をよみながら、通る。

家庭的な女というのは、よほど勇敢でなければならぬ！　まちがっても美術館に火をつけたりしないように、しつけられて。

黒人があらわれ、パントマイムで火をかしてくれと頼み、クェンティンは彼にそうしてやる。

どうしてあんなに小ぎれいにしていられるのだ、自分の部屋にバスルームもないのに。ひげをそるときは、さぞ腹がたつだろうな。

黒人は自分の恋人を見て、急いで去る。

（ひとり）一日が終ると必ず家へ帰らねばならぬと思うのは、一体どういうことだろう？

クェンティンが〈公園のベンチ〉に腰をおろしていると、マギーが、人を探しながら、あらわれる。

あそこに一つの真実がある、均整のとれた、可愛い肌だ、申し分のない——
マギー　失礼、見かけません、犬をつれた男の人？
クェンティン　いいや。小鳥をつれた女は見ましたがね。
マギー　それじゃ違うわ。ここ、バス・ストップかしら？
クェンティン　ええ、標識によると——
マギー　（彼の横にすわる）あそこに立っていたら、こんな大きな犬をつれた男の人が来て、ひもをあたしの手に押しつけて行ってしまったの。追いかけたんだけど、犬が動こうとしないの。すると、別な男がやって来て、ひもを取って行ってしまった。でも、その人の犬ではないわ。最初の人の犬だと思うの。
クェンティン　でも、いらなくなったのさ。
マギー　あたしにくれたのかもしれないわね。それを見てて、あとの男が、ただで人を手にいれようとしたのかもね。
クェンティン　じゃ、犬がほしかったの？
マギー　そりゃ無理よ、犬を飼うなんて、いま住んでいるところじゃ許しちゃくれないわ。これ、何のバス？

クェンティン　五番街を通って下町へ行くバスさ。どこへ行きたいの？
マギー　（考えてから）そこへ行きたいの。
クェンティン　どこへ？
マギー　下町。
クェンティン　おかしなことがいろいろ起るね？
マギー　ええ、きっとあたしが犬を好きだと思ったのね。そりゃ、飼えればいいけど、冷蔵庫さえないんだもの。
クェンティン　そう。それなんだ。その男は、てっきりきみが冷蔵庫をもっていると思ったんだ。

彼女は肩をすくめる。間。彼は彼女を見つめ、彼女はバスがこないかと目をやる。彼はもうしゃべることがない。

ルイーズ　（現れる）女の人とは話さないで——誰とも！　準備書面を読むことが、話すことだと言ったわね、あたしに？

ルイーズは去る。クェンティンは緊張して前かがみになり、両肘を膝の上におく。彼はふたたびマギーを見る。

クェンティン　（努力して）何をしているの？

マギー　（当然知っているはずだというふうに）交換手よ。（笑う）おぼえていません？

クェンティン　（びっくりして）ぼくが？

マギー　毎朝窓ごしに、ご挨拶してよ。

クェンティン　（ちょっとしてから）ああ、応接室の！

マギー　そう！　マギーよ！　（自分を指さす）

クェンティン　そうか！　ときどきぼくの電話をつないでくれる。

マギー　あたしがただ通りがかりに、話しかけたと思ったの？

クェンティン　わからなかったな。

マギー　（笑う）でしょうね！　あたしのこと、ちゃんと見たことないんですものね、いつもあの小さな窓ごしに、頭ぐらいしか。

クェンティン　いや、うれしいよ、やっと全体にお目にかかって。

マギー　（笑う）今晩、これからまたお仕事？
クェンティン　いや、ちょっと休んでいるだけ。
マギー　（彼の孤独を感じとって）ああ、それがいいわ。（なんとなくあたりを見回す。彼女が立ちあがると、彼は彼女のからだに目をやる）あれ、あたしのバスかしら？
クェンティン　どこへ行きたいのか、よくわからないから……

男が一人あらわれる。彼女をじろっと眺め、それからバスの方へ目をやり、また彼女へもどし、見つめる。

マギー　割引きしている店を見つけたかったの。蓄音機買ったけど、レコードが一枚しかないの。じゃ、また！　（半ばあとずさりして、男の方へ寄る）
男　二十七丁目と六番街のかどに一軒あるよ。
クェンティン　（立ちあがり）あのかどの辺にもレコード屋があるよ。
マギー　割引きしている？
クェンティン　そりゃ、みんな割引きだよ——
男　（彼女の腕の下に自分の手をすべりこませ）せいぜい一割引きだろう？　さあ、行こう。半値にさせてやるよ。
マギー　（男に――彼と一緒に行きかけて）ほんと？　でも、ペリー・サリヴァン（訳註9）あるかしら？
男　大丈夫、買ってあげるよ、ペリー・サリヴァンを二枚。さあ！
マギー　（立ちどまる――はっと気づいて、腕をとき、もどってくる）失礼、あの、ちょっと――忘れ物が……
男　（彼女の方へやって来て）ねえ、レコードを十枚、買ってやるよ。（舞台外の〈バス〉にむかって）ドア、しめないでくれ！　（彼女をつかむ）行こう！
クェンティン　（男の方へ行く）おい！
男　（彼女をはなし、クェンティンに）うせやがれ！　（駆け去る）おーい、待ってくれ、ドアをしめんでくれ！

クェンティンは〈バス〉が去るのを見ているが、やがて彼女の方をむく。彼女はしきりに髪の毛の乱れを直している――しかし奇妙な、ほうけたような青い顔をして、ぽつんと立っている。

クェンティン　すまん、知り合いだと思ったもので。

マギー　いいえ、はじめての人。

クェンティン　で――どうするつもりだったの？

マギー　割引きの店を知ってるって言ったから。あなたが言っていたのは、どこ？

クェンティン　ちょっと考えなくちゃ。ええと……

マギー　一緒にすわってもいい？　あなたが考えているあいだ？

クェンティン　いいとも！

二人はベンチにもどる。彼は彼女が坐るまで待つ。彼女はその礼儀正しさに気づき、彼が坐るとき、ちらっと見る。それから、びっくりしたように、あらためて彼をしげしげと見る。

マギー　（あっさりと）かなりね？　あんなこと、よくあるの？

クェンティン　きみが相手になるからだよ。

マギー　でも、話しかけられたら、答えなきゃならないし。

クェンティン　不作法な連中には、答えなくてもいいんだよ。
マギー　（それについて考える、そして、はっきりしないままに）ええ、いいわ。（かすかに別な世界――彼の世界に気づきはじめているみたいに）でも、ありがとう――とめてくださって。
クェンティン　誰だってとめるよ。
マギー　いいえ、みんな、笑うだけよ。あたしって、おかしいのね。まだ、しばらく、休んでいくの？
クェンティン　もうちょっとだけ。家に帰る途中なんだ――初めてだよ、こんなこと。
マギー　あら！　いつもそうしているみたい。何時間もこの木の下に坐って――考えごとをしながら。
クェンティン　いや。いつもはまっすぐ帰るんだ。（にやりと笑い）今まではね、いつも。
マギー　ねえ、蓄音機の代金まだ払っているのに、レコードは分割払いにしてくれないのよ。
クェンティン　レコードはすり切れるから困るんだよ。
マギー　ああら、そうね！　どうも変だと思った。蓄音機はいくつも買えるのに。どうして知ってるの？
クェンティン　そう思っただけさ。
マギー　（笑いながら）そんなこと、思いもよらなかった！　たいしたもんね、みんな！　（彼女は心からおかしそうに笑う。彼も笑う）ワシントンでは、十枚も二十枚もレコードを持っていたの。でも、お友達が病気になってね、いられなくなったの。（間。考える）その人の家族は、すぐそこのパーク・アヴェニューに住んでいたわ。
クェンティン　じゃ、その人、よくなったの？
マギー　死んだわ。（涙が急に目からあふれてくる）
クェンティン　（まったく途方にくれて）いつのこと？
マギー　金曜日。事務所を休みにしたでしょう？
クェンティン　というと――（仰天する）――クルース判事？
マギー　そう。
クェンティン　こりゃ知らなかったな、きみが――
マギー　ええ。
クェンティン　偉大な弁護士、偉大な判事だった。

マギー　（涙をぬぐい）とてもいい人だった。
クェンティン　葬儀にはぼくも行ったが、見かけなかったね。
マギー　（涙をこらえながら）奥さんが出させてくれなかったの。死ぬ前に病院に行ったけど、家族の人が押しだすの――「マギー……マギー！」と呼んでいるのが聞こえるのに。（間）あたしに千ドルくれようとしたわ。でも、何にもほしくない、ただ、さよならが言いたかっただけなのに！（ハンドバッグをあけて、事務用封筒をとりだし、それを開く）土を少し持ってるの、ほら？　あの人のお墓の土。あの人の運転手が車で連れていってくれたの――アレグザンダーが。
クェンティン　そんなに愛していたの？
マギー　ううん。本当は二度も逃げだしたの。
クェンティン　なぜ一緒にならなかったの？
マギー　あの人にその気がなかったの。
クェンティン　ああ。（間）これから、どうするつもり？
マギー　レコードが買いたい、割引きの店をさがして――
クェンティン　いや、これから先ってことさ。
マギー　あら、あたしクビになるの？

クェンティン　いや、そんなことは……

マギー　別に心配はしてないけど。いつだって髪の毛にもどればいいんだもの。

クェンティン　どこにだって？

マギー　髪の毛の薬の宣伝をしてたの。（笑う。架空のビンで自分の髪にふりかける）ほら、デパートの？　テレビにも出るところだった。（頭を彼のあごの下に傾けて）髪が濃いからなの、ね？　ママゆずりよ。くせがないでしょ、全然？　たいていの女の人のは、くせがあるのよ。ね、さわってみて、どう――（彼の手をとり自分の頭のところにもってくるが、急にそれをはなす）あら、ご免なさい！

クェンティン　構わないよ！

マギー　さわりたいと思ったもんで。

クェンティン　もちろんさ。

マギー　じゃ、いいわ。さわりたけりゃ。（頭をふたたび彼の方へ傾ける。彼はその一番上にふれる）

クェンティン　ほんとだ！　とても柔かい。

マギー　（誇らしげに）いつかなんか、十分たらずで、内巻きから、ふっくらしたアップに変ってみせたわ！

クェンティン　なんでやめたの？

　近くに坐っている学生が彼女を見ている。

マギー　パーティやなんかにだされ始めたの、余興に。
クェンティン　なるほど。
マギー　それに、どうにも好きになれないことがあってね。（学生を見る。彼はどぎまぎして、顔をそらす）若い子って、本から顔をあげるとき、可愛いじゃない！

　学生は未練そうに去る。
　彼女は笑い声をあげて、クェンティンの方をむく。彼はやさしく、ほほえみながら、彼女を見る。遠くの塔で、時計が八時を打つ。

クェンティン　もう行かなければ。
マギー　ご免なさい、頭にさわらせたりして。
クェンティン　いや、いいんだ。ぼくはそんなに悪じゃないよ。（とまどって、静かに

笑う)

マギー　はにかむ人は、悪じゃないわ。

間。二人は見つめあう。

クェンティン　きれいだよ、マギー。

彼女はほほ笑み、彼の言葉が彼女の中にはいったかのように、姿勢をただす。

まあ、自分に気をつけることだね。

マギー　ああ……(自分の服のほころびをつまんで)けさ、バスのなかで裂けちゃったの。家に帰って縫うわ。

クェンティン　そんなことじゃないよ。

彼女はまた彼の目を見返す——叱られているような感じ。

非難しているわけじゃない。そんなつもりは全然。わかるね？

彼女は、うっとり彼の顔を見ながら、うなずく。

マギー　わかるわ。公園を散歩してくる。
クェンティン　だめだよ、暗くなりかけているのに。
マギー　でも、夜はきれいよ。部屋の中が暑かったとき、一晩公園で寝たことがある。
クェンティン　とんでもない。（公園をぶらついている連中を見やり）このあたりの動物は、動物園のとはわけが違うんだぜ。
マギー　いいわ。なら、レコードを買いにいく。ご免なさい、髪のことで迷惑かけたのなら。
クェンティン　（笑いながら）いいんだよ。
マギー　（あとずさりしながら、自分の頭の上にさわり）くせがないってことだけなの。（彼はうなずく）これ、帰ったら縫うわ。（彼はうなずく。彼女は公園の奥の方を指さし）あそこで寝るつもりはなかったの。うっかり眠ってしまっただけ。

数人の若者が立ちあがり、彼女を見ている。

クェンティン　わかっている。

マギー　じゃ……また！　（笑う）クビにならなければ！

クェンティン　さよなら。

彼女は二人の若者のそばを通りすぎる。二人は彼女のあとをついて行き、共に耳もとでささやきかける。彼女はふり向きもせず、答えようともしない。今度は数人の男が彼女をとりまき始める。クェンティンは、心に痛みを感じ、出て行き、彼女を男たちから引きはなす。

マギー！　（ポケットから紙幣を一枚とりだし、彼女を押しやるようにして舞台を横切る）さあ、タクシーで行ったら？　ぼくが払う。ほら、あそこに来た！　（舞台奥右手を指さし、口笛をならす）行って、つかまえるんだ！

マギー　どこへ――どこへ行けといえばいいの？

クェンティン　四十丁目あたりに出れば――いくらでもあるよ。

マギー　あら、そう、じゃ！　（あとずさりしながら）あなたは——まだそこで休んでゆくの？
クェンティン　さあね。
マギー　すてきだわ！

男たちは去る。ルイーズがクェンティンとマギーのあいだから登場、舞台前方に坐っている。マギーはもどって二番目の台へ行き、前のように横になる。クェンティンはルイーズの方へおりてきて、数歩離れて立ち、楽観的に彼女を見つめている。彼女はそれに気づかず、本を読んでいる。

クェンティン　そう。あの足、胸、目……なんてきれいだ！　ぼくのものだ！　まるで奇跡だ！　この家にいるなんて！　（かがんで、ルイーズに接吻する。彼女はびっくりして彼を見あげ、とまどい、煙草に火をつける）やあ。（彼女は彼を見あげており、なにか大きな事が起りそうなことに気づく）どうした？　（彼女はまだ口をひらかない）どうしたんだい？
ルイーズ　別に。

彼女は本にもどる。彼は、あっけにとられ、失望し、立ったまま見ている。

それからブリーフケースをあけ、書類をとりだしはじめる。

タイプを打つんだったら、ドアをしめて。

クェンティン　いつもそうしてるよ。

ルイーズ　とは限らないわ。

クェンティン　たいていはさ。（彼は笑いたいような気持である。ゆったりした気分である。だが、彼女はおもしろがりそうもない。また本にもどる）あしたの夜は、外で食事をするか？　父母会の前に？

ルイーズ　なんの父母会？

クェンティン　学校のさ。

ルイーズ　それなら、今晩だったわ。

クェンティン　（びっくりして）本当かい？

ルイーズ　もちろん。いま帰ってきたところ。

クェンティン　きょう電話したとき、なぜ一言いってくれなかったんだい？　知っているだろう、よく忘れるんだ、そういうこと。あの子の先生に話があるといっておいたのに。
ルイーズ　（前よりも少し鋭く）したいことは自分でなされば。（思わず叫ぶ）それに、今夜も仕事だといったじゃない！　（本にもどる）
クェンティン　仕事じゃないよ。
ルイーズ　（本に目をやりながら）知っているわ。
クェンティン　（びっくりして、警戒しはじめる）どうして？
ルイーズ　一つには、マックスが七時半に電話かけてきたの。
クェンティン　マックスが？　なんで？
ルイーズ　事務所で役員会があるんですって。あなたのくるの、待っていたわ。（彼は頭に手をやる。顔にはありありと驚きの表情）三度もかけてきたのよ。
クェンティン　ああ——なんてことを。何番だったっけ、彼の家の電話は？
ルイーズ　電話帳は寝室よ。
クェンティン　ルウの件の扱いについて話し合うことになっていたんだ。デヴリーズも今夜は町に泊って——万事かたづけることになっていたのに。（言葉をきる）マックスの番号は？　マリー・ヒル、三の……何だっけ？

ルイーズ　電話帳はベッドの横よ。

間。彼は怪訝そうに彼女を見る。

ルイーズ　あたしは電話番号のおもりじゃないの。自分でおぼえたら、それくらい。そっちの電話、使わないで。あの子が目をさますから。

クェンティン　（ふりむき）あっちでかけるつもりなんかないさ。

ルイーズ　内緒のお話かと思ったわ。

クェンティン　なにも内緒なんかないさ、これには。食べることがかかっているんだぞ、おまえの口の。ルウの件がすむまで、一時事務所から離れるかどうかを決める集まりだったのだ——あるいは、永遠にかもしれん。（番号を思いだしながら、電話のところへ行く）思いだした——マリー・ヒル、三……

彼女は彼が電話のところへ行くのを見まもっている。彼は受話器をとり、ダイヤルを一回まわす。彼女は思わず……

ルイーズ　それ、前の番号よ。
クェンティン　マリー・ヒル三―四五九八。
ルイーズ　変ったのよ。（一瞬あって）コートランド七―七〇九八。
クェンティン　（彼女は彼から顔をそむけている。彼は自分が勝ったような気でいる）ありがとう。（ふたたびダイヤルをまわしはじめるが、受話器をおく）なんと言えばいいんだ。（彼女は黙っている）夕食をすませて、全員あつまることになっていたのに。忘れるなんて、ばかげている。
ルイーズ　きっと、怖かったんでしょう。
クェンティン　午後いっぱいかけて、今夜いうことのメモを作ったんだ！　なんてことだ！
ルイーズ　（ことさらに意味ありげに）多分、その怖さが自分でもわかっていないのね。
クェンティン　ま、そうだろうね。きょう、マックスがひどいことを言った。ルウの件から何とか手を引かせようとするから、言ってやった、「この国がヒステリー状態だからといって、態度をかえることはつつしむべきだ」と。当然のことをいったまでなのに、彼はそうは見てくれない。まるで、遠く離れた別々の山に立っているような気がした、「ヒステリーなんか知らないね。この事務所にはないね」というんだ。

ルイーズ　別にふしぎじゃないわ。マックスだって、コミュニスト一人を守るために、事務所全体を危ない目にあわせたくはないでしょう。あなたって、他人をすぐ身内と思いたがるんだから。

クェンティン　すると……

ルイーズ　そう、何もかもというわけにはいかないわ。そんなにルウを思う気持があるのなら、事務所をやめるべきでしょうね。

クェンティン　(間のあとで)そう思うのか？

ルイーズ　それは、あなたのルウに対する気持次第。

クェンティン　それを決めかねているんだ。自分でもよくわからない。きみはどう思う？

ルイーズ　(苦しそうに)あたしが決めることではないわ。

クェンティン　(びっくりし、当惑して)きみにも関係があるんだぜ。

ルイーズ　もちろん、あるわ。

クェンティン　どうもわからんな、きみは——

ルイーズ　わからない？　あたしが？

クェンティン　そう。話がくい違って、ちっとも通じないじゃないか？
ルイーズ　（したりとばかり頷いて）あなたは、ある一人の人間について、気持をきめなければならない。人生で一度だけ。それから、ほかの人間たちのことを考えればいいの。至極明瞭よ。
クェンティン　いいかえれば……今夜ぼくがどこにいたかだ。
ルイーズ　あなたが今夜どこにいようと、知ったことじゃないわ。
クェンティン　（間のあとで）しばらく公園のそばで坐っていた、こんなことを考えて。（言いにくそうに）ほかの女と寝たりはしないが、寝たと同じようなことをしている。（彼女はじっと聞いている。彼はそれを見て、希望がわいてくる）ぼくはきみの疑惑を招いているらしい——高い所から他人を裁くのをやめようとして。なぜなら、ぼくはいま裁いている、きびしく、自分の迷いを。ぼくは、きみにあの娘のことを読ませようと、わざと手紙をそのままにしたのではないかという気もする——なんとか本当の人生を始めるために。（自分自身の恐怖にさからい、しかし彼女の不安に勢いを得て）今夜、一人の女の子に逢った、偶然。事務所の電話の交換手だ。こんなこと話すべきではないんだろうが、話す。ばかな、おかしな子さ。公園で寝たり、かぎ裂きをつくったり。ばかなことをしゃべっていたけど、一つ感動したことがある。彼女は、何一つ守ったり弁解したり責めたりせず——ただそこにいるのだ、一本の木か猫のように。そばにいると、変に抽象化された感じになるのだ。ぼくらは、おたがいに抽象的概念で殺し合いをやっている。いまルウを弁護しているのは、ルウを愛しているからだ。だが、社会は、その愛を一種の反逆に変え、問題にし、結局ぼくは疑われ、嫌われる。どうして、そういう〈問題〉の下にある声で、話せないのか——本当の不安をこめて？　ぼくはいま家へ帰ってきた——大きな願いをこめて——きみのところへ。きみにしてもそうだ、ぼくのところへ。バカげているようだが、このニューヨークの町は、いそいそと会いに出かける人たちでいっぱいだ。恋人たちであふれている。

ルイーズ　で、その女、なんて言った？

クェンティン　話すんじゃなかったな。

ルイーズ　どうして？

クェンティン　これ以上何をいっても、許してもらえそうもない。

ルイーズ　（うなずき）あなたって、隠すけじめのわからない人だから。

クェンティン　（怒って）よし、隠さず話そう。その気になれば、寝るのは簡単だった。

（ルイーズは怒りで赤くなり、体をこわばらせる）だが、しなかった、きみのことを考えたから——あらためて、初めて逢う他人として。そして何かの奇跡で、その人がぼくを待っているんだ、ぼくの家で、と。

ルイーズ　何がお望み、お祝いの言葉？　行きずりの男と寝るようなのが、本当の女だなんて思わないでね？　それとも、出会った女とならば誰とでも寝るのが、本当の男なの？　それも淫売と——その子もそうだったんでしょうけど？

クェンティン　どうしてそんなふうに——

ルイーズ　（笑い声をあげて）あら、失礼、侮辱したりして！　あなたって、どうなっているの！　あたしが帰ってきて、寝たくなるような男と町で出会った——町が恋であふれていたからなんて言ったら、どう？

クェンティン　（打ちのめされたような感じで）わかったよ。すまん。ぼくだって怒るさ。だが、きみが苦しんでいるのを見て、ひそかに思うかもしれない——いや、思いきって、きみに訊くかもしれない——ぼくのどこが悪かったかと。

ルイーズ　なるほど、よく教えてくれました。おこころざし、わかったわ。（行きかける）

クェンティン　ルイーズ、きみは自分というものを疑うことはないのか？　事件を立証するだけでいいのか、それに勝ちさえすれば——（叫ぶ）——二人とも死にかけているというのに？

　ミッキーが舞台の端に登場。エルシーは二番目の台にあらわれ、前のようにロープをはだける。

ルイーズ　（ふり返り、落着きはらって）あたしは死にかけてはいない。打ちこわそうとしたのは、あたしではない。ただそれだけのこと。この三年、いつもそうだった。あなたは、あたしが要らないのよ。（去る）
クェンティン　（ひとりごと）ああ！　あれが本心なのか？
ミッキー　一つだけ言っておくが――いつも罪を感じることはない。
クェンティン　そうだ！　（力をもとめるように、上に両手を突きだす）そう！　（しかし彼の信念はゆれる。彼は幻影の方をむく）しかし、罪をもっと感じていたら、おそらくきみは……
エルシー　（ロープをとじ）彼は道徳的白痴よ！
クェンティン　そう！　そのとおり。だが、しかし……道徳とはいったい何だ？　ぼくは何だ、今さらそんなことをきくとは？　男なら――まともな男なら、知っているはずだ、自分の顔とおなじで！

ルイーズが、たたんだシーツと枕をもって、登場。

ルイーズ　いっしょに寝たくないわ。
クエンティン　ルイーズ、たのむから！
ルイーズ　もう、うんざり！
クエンティン　でも、ベティが朝おきて……
ルイーズ　何よ、今さら。

電話がなる。彼はシーツを見つめたまま、動かず、出ようとしない。

ここの番号、教えたの、その女に？

電話がまた鳴る。

教えたの？（そう言って、電話のところへ、さっと歩いていく）もしもし！あ
あ、はい。おります。ちょっとお待ちを。
クェンティン　ここで寝るわけにはいかん、ベティに見せたくない。（彼は憎しみの表
情で電話のところへ行く）
ルイーズ　マックスよ。

彼は、はっとして、彼女から受話器をとる。

クェンティン　（電話にむかって）マックスか？　すまん、すっかり忘れてしまって。
どう言ったらいいか、すぽっと抜けてしまって。（間）ラジオ？　いや、なぜ？…
…何だって？　いつ？　（長い間）ありがとう……わざわざ知らせてくれて。そう、
そうだった。おやすみ……うん、じゃ、あした。（受話器をおく。間。前を見つめ
て、立っている）
ルイーズ　なあに？
クェンティン　ルウだ。地下鉄にひかれて死んだ、今夜。
ルイーズ　（息がとまる）どうして？

クェンティン　わからないんだ。「落ちたか、飛びこんだか」だそうだ。

ルイーズ　そんなことって！　きっと押されて落ちたのよ！

クェンティン　八時なら、混んではいない。八時だったそうだ。

ルイーズ　なら、なぜ？　ルウは自分を知っていたわ、自分が今どんな立場か。信じられない！

クェンティン　（見つめたまま）だめなんだろうね——自分を知っているだけでは。あるいは、それが、かえって重荷だったのかもしれない。やったんだと思うな。

ルイーズ　でも、なぜ？　考えられない！

クェンティン　先週会ったとき、恐ろしいことを言っていた。聞かないようにしたのだが。（間。彼女は待つ）結局、ぼくだけがたった一人の友人になってしまったと。

ルイーズ　（純粋に）なぜ、それが恐ろしいの？

クェンティン　（避けるように、わざと知らん顔をして）ただそれだけのことさ。なぜだか、ぼくにもわからない。（目に涙がうかぶ。〈聞き手〉の方へきて）なぜだか、ぼくはあえて知ろうとしなかった！　だが、今なら言える。恐ろしいのは、ぼくさえ彼の友人ではなくなっていたことだ。彼はそれを知っていた。ぼくは最後まで友達でありたいと思った。だが、そのなかにある危険が自分でもうとましかった。彼はぼくの誠実さを見抜いていたのだ。ぼくがどんな友人かなどとは口にしなかったが、祈っていたんだ――「いつまでもぼくの友人であってくれよ」と。そして言いつづけた、「溺れかけているんだ、ロープを投げてくれ！」と。なぜなら、ぼくは内心、よきアメリカ人、純粋のアメリカ人になりたがっていたんだ――そしてそれが、いま証明された、喜びのなかで……喜び……ぼくにふりかかる危険が地下鉄の線路の上で流れ去ったという喜びのなかで！　だから、ぼくには不思議でも何でもないんだ。

塔が生き生きと輝きを放つ。彼はそれに目をやりながら、歩く。

これは、人間性の狂気の逸脱なんていうものではない。ぼくには、完全に正気な建築師やそれがくゆらすシガーや、昼食の弁当をのんびりつかっている大工や鉛管工たちが容易に見える。彼らが、この建物から血を流すために、パイプをとりつけている姿も見える。みんな良き父、立派な息子たちだが、死ぬのは自分ではない、他人だということで安心しているのだ。このことが理解できるだろうか、自分には罪がないと思っているかぎり？　心のどこかに、共犯ではない――そんな喜び、厄介者が死に……これでほっとしたという喜びがあるかぎり？

マギーの苦しそうな呼吸がきこえる。彼はつらそうにそれから離れ、ルイーズの足もとの床におかれてあるシーツと枕の一方に来て、とまる。

寝なければ。ひどく疲れた。

彼はかがんでシーツをとる。彼女は枕をとろうと動きかけるが、やめる。

ルイーズ　（非常に言いにくそうに）あたし——いつも誇りにしていたのよ、あなたがルウの件を引きうけたこと。

彼はシーツと枕をとり、立って待っている。

勇気が——いることだったわ。

彼女はそこに、から手で立っている。まともには彼の顔を見ない。

クェンティン　そう思ってくれれば、うれしいよ。

しかし彼も動こうとしない。時が音をきざんで流れる。どちらも、謝罪や淑やかさに対するクェンティンの要求を譲歩するわけにはいかない。やっとのことで——

そう言ってくれて。ありがとう。

ルイーズ　でも——あなたは正直ね、そういう点で。よく言ったけれど。

クェンティン　最近？

ルイーズ　おやすみなさい。

彼女は行きかける。彼は、去りがての気持が彼女にあるのを、感じる。

クェンティン　ルイーズ、ぼくはいつも、きみにだけは正直でありたいと思ってきた。

ルイーズ　いいえ、あなたは家を守ると同時に、世界を見ようとしているのよ。
クェンティン　だとすれば、ぼくは、まやかしで、ずるいというわけだ。
ルイーズ　いつもじゃないけど、まあね。
クェンティン　そして、たたかいもしなければ、苦しみもしない。きみのところへ戻ってくるのは、たたかいではないな？
ルイーズ　たたかいではないわ。
クェンティン　では、きみはここで何をしている？
ルイーズ　あたしは――
クェンティン　もしきみがそんなに正直なら、いったい何のために妥協しているのだ！
　彼は握りこぶしを彼女の方へつきだす。彼女はおどろき、あとずさるが、奇妙にいきいきとしている。彼女の表情は、その不発に終った暴力に注意している。彼女は胸を張って立っているが、いつでも逃げられる用意をしている。
ルイーズ　あたしは、こういうたたかいが始まるのを待っていたのよ。

彼は、彼女の真剣さと頑固さに、びっくりして口もきけない。彼女は彼をきっと見すえてから、きびすを返して出ていく。

クェンティン　（ひとりになって、自分に）こんなことが、まだ続くのか？　もっと悪く？　〈聞き手〉にむかい）ぼくには信じられない――あと三年も。自分たちを救おうと、何を期待したのだ？　突然、なぜか、彼女が手をさしだし、ぼくもさしだし、すべてを笑いとばし、彼女のやさしい正直な顔がぼくを見あげ……（言葉をきり、遠くを見つめる。ずっと奥で、ルイーズが、昔と同じように、誇らしげに彼を見つめている）永遠の微笑をとりもどすことが、救いになるのだ。だから、多分、ぼくは来たのだ。まだぼくは信じている。本当は、われわれはみんな友人なのだ！　ぼくはこういう世の中を信じることはできない。この憎しみは、うそにきまっている！　（自分の〈居間〉とシーツにもどる。ルイーズは姿を消している）居間の床に、犬のように寝る……どうしてそんな必要がある？　彼女のところへ行き、心を開き、女好きを告白し、女たちの魅力と神秘を打ちあける……（彼女が去った方へ行きかけていたが、立ちどまる）しかし、すでにそれはやってみた。真実は結局、単に死を招くだけかもしれない。真実はルウを殺し、ミッキーを滅ぼした。それでは、どう生きようというのか？　適当に嘘をつくのか？　それは純粋な良心からくるのか！　それとも死んだ良心からか。自分自身の悪を見ないこと——そうすれば力がうまれる！　それに正義も！——なら、良心を殺せ、抹殺するのだ。（彼女の去った方を見やり）すべて承知の上で、何事も認めないことだ。きちんとヒゲをそり、誕生日を忘れず、自動車のドアをあけてやり、真実ではなく、気くばりでルイーズを追求する。自分ひとりの時は不安でも、ベッドでは絶対だ。こうやって一人前の男ができあがり——世間なみになる。そして朝には、あの可愛い娘の心にも短剣が！　（シーツをルイーズの去った方へ投げ）牝犬め！　（坐る）風邪をひいたと言おう。マミーにうつしたくなかったんだと。（嫌悪の念で）パー！　パパパパパ。（鼻をすすり、鼻声でしゃべってみる）風邪をひいたもんでね……

彼はうめく。間。身動きせず、じっと見つめる。ジェット機の音がきこえる。空港のポーターがカバンを二個もって現れる。旅の装いをしたホルガが、いちばん上の台に出てきて、クェンティンの姿をさがす。遠くで離陸するジェット機の音。クェンティンは自分の時計に目をやり、それから椅子のところへくる……

六時だ、アイドルワイルド飛行場。(訳註10)（彼はホルガを見る。彼女は、人の群の中にいるかのように、あたりを見回している）これは証拠が約束には役にたたないということだ。しかし、約束せずに——どうしてこの世にふれられよう？　それに、目をさます時のことを忘れてはいけない。毎朝、少年のように目をあける、今でもそうだ。これは確かに真実だ。だが、証拠はどこにある？　あるいは、ぼくの心臓がまだ鼓動しているというだけのことか？……いいとも、どうぞ、待っているよ。

　彼は、離れていく〈聞き手〉を目で追う。そして立ちあがり、奥に〈聞き手〉のあとを追う。

まだいても構わないかい？　この決着をつけたいのだ。本当は——（笑う）——「やあ」と声をかけに寄っただけだが。

　彼は正面をむき、前方を見つめる。ひとりになって、一種の違った解放感がみられる。彼への照明をのぞいて、舞台は暗い。塔は見えている。それと彼のそばの二番目の台上にいるマギーも。急に彼女が身をおこす。

マギー　クェンティン？　クェンティン？

クェンティン　（苦しげに）いま行くからね。（目をとじる）いま行くよ。

彼は煙草をくわえ、ライターをする。火花が散る。照明が全部消える。

第二幕

舞台は暗い。ライターの火花が見え、焔があがる。舞台に照明が入ると、クェンティンが煙草に火をつけたところである——時間は経過しなかったのである。彼は〈聞き手〉がもどるのを待ち、考えにふけりながら二、三歩あるく。そのとき、ジェット機の音がきこえ、空港のアナウンサーの声——「フランクフルト発……便は、ただいま九番ゲートに到着いたしました。乗客の皆さんは……」。その声が何か聞きとれないものに変っていくのと同時に、ホルガが、前のように、空港のポーターと共に上の台に出てくる。ポーターは彼女のカバンを置いて、去る。彼女は、人の群の中にいるかのように、あたりを見回す。それから〈クェンティン〉を見つけ、つま先立ちになり、手をふる。

ホルガ　クェンティン！　ここ！　ここよ！　（彼が近づいて来たらしく、彼女は腕をひろげる）ハロー！　ハロー！

彼は、彼女から、もどって来た〈聞き手〉の方をむき、前方の彼のところへくる。ホルガは去る。

クェンティン　いや、いいんだ、待つのは構わん。時間はどれくらい、あるかな？

彼は舞台の前方の端に坐り、時計を見る。マギーがレースのウェディング・ドレスをきて、二番目の台にあらわれる。デザイナーのルーカスがひざまずき、広い裾のあたりの仕上げをしている。黒人の女中キャリーが、ベールを持って、そばに立つ。マギーは、人生の節目をむかえて興奮しており、鏡に見入っている。

これではっきりすると思う。

マギー　（不安と希望で興奮している）いいわ、キャリー、入るように言って！　（言いなれない言葉をためすように）あたしの夫に！

キャリー　（ある一点に向って二、三歩あるき、立ちどまる）さあ、どうぞ、クェンティンさま。

彼らは去る。クェンティンは〈聞き手〉につづける。

クェンティン　ぼくは愛の終焉に当惑している。それに対する自分の責任にも。

ホルガがまた光のなかへ入ってきて、空港で彼をさがして、見回している。

この女はぼくの味方だ。それは間違いない。ぼくはもう、責められながら生きるのはご免だ。彼女を含めて。

ホルガは去る。彼は動揺して立ちあがる。

ふと考えた、なぜ、また、これに賭けようとするのかと。ただ……

フェリースと母があらわれる。

きみは、あるがままの自分を見たと思ったことがあるかい？　ぼくは、それを夢みてきたのかもしれないが、確かに、どこかで――マギーとのつながりだと思うが――つかの間、自分の人生を見た気がする。今までやったこと、されたこと、なすべきことさえも。その幻がときどき頭のうしろにただよい、目が見えず、朝の月のようにかすんでしまう。もし、少しの必要な闇をいれることさえできれば、また輝くようになるだろう。それは力の問題だ。

フェリースが近づき、包帯をとりかける。

だから、彼女のことが心から離れないのだ。（彼女のまわりを歩き、のぞきこむ）そう、これは力じゃないのか？　女に影響をあたえ、鼻を、人生を変えさせることは？……まさにそうだ、それが怖い、どうか――（フェリースは手をあげる）――祝福するのはやめてくれ！　（上の台の母が退場。彼は、自分の恐怖の強さにおどろいて、不安そうに笑う）きっと、何か欺瞞があるのだ、ぼくにはそんな力はない。

マギーが不意に男物のパジャマ姿であらわれ、電話で話しながら、中央のベッドのところまでくる。

マギー　（おずおずと偶像崇拝のていで）もしもし？　あの——どうしてわかったの、あたしって？　（横になりながら、笑う）本当におぼえているの？　マギーって？　あの日、あの公園以来？　だって、もう四年近くよ、で、あたし……

彼は彼女から離れる。彼女は話しつづけるが、声はきこえない。

クェンティン　（マギーからフェリースに目をやり、〈聞き手〉に）そうなんだよ、確かに似たところがある。

笑い声がきこえ、ホルガがカフェのテーブルについている姿があらわれる。彼女のそばに、からの椅子が一脚。カフェのヴァイオリンの音楽がなっている。

ホルガ　（かたわらの空の椅子にむかって）あなたの食べ方って、すてき！　まるでトルコの大公みたい！

クェンティン　（彼女の方を見ながら、〈聞き手〉に）そう、また崇められた！　しかし……今度は何か違う。（ホルガの方へ行きながら、〈聞き手〉にいう）このまま続けさせてくれ、力についての話を。

彼は彼女のそばに坐る。彼が話しはじめると、彼女の様子が変る。ふさぎこみ、彼をまともに見ず、傷ついている様子。彼女のかたわらに坐り、彼は〈聞き手〉に語りかける。

ホルガ　ある午後、二人はザルツブルクのカフェにいた。すると突然、なぜか知らないが——二人のあいだが死んでいくような気がした。また同じことが起ったのだ。あの時だよ、きみが必死で建築のことを話しはじめたとき。

ホルガ　一五三五年。大司教が自分で設計したの。

クェンティン　きれいだ。
ホルガ　（距離をおいて）そう。
クェンティン　（勇気をふるい起すようにして、急に彼女の方をむき）ホルガ、けさ枕がぬれていたね。
ホルガ　大したことじゃないわ。
クェンティン　涙が大したことじゃないなんて。
ホルガ　ときどきね――（言葉をきる、それから）――あなたを退屈させているような気がするの。
ルイーズ　（舞台奥に登場）全部がおもしろくないというんじゃないのよ、クェンティン！

彼はルイーズを見つめ、これを自分の消えた幻想とむすびつけようとする。そういう気持のまま、〈聞き手〉の方をむく。

クェンティン　問題は力だ、しかし、ないのだ……そう！（ぱっと立ちあがり、ルイーズのまわりをまわる）ときどき彼女が鏡をのぞきこみ、自分の顔が気にいらないというようにしていることがあった。すると、彼女とその悩みのあいだに割って入りたくなった。

ホルガ　あたしって、そんなにおもしろい女じゃないわ。

クェンティン　（ルイーズについて）その顔さえ、自分の罪のような気がした！　しかし……彼女とは——（カフェのテーブルにもどる）——何か新しい許し合える気持があった……彼女自身の不幸に目をつぶらせなくてもすむ。おたがいがそれぞれの不幸を持っている。あとは善意と奇跡だけだ。

ホルガ　ねえ、信じて、クェンティン、あなたには何の義務もないのよ。

クェンティン　ホルガ、ぼくは行く。だが、明日になれば、またきみを探すだろう。

母が登場、彼のそばのホルガの席にすわる。彼は、間をおかず、話しつづける。

しかし、きみが感じていることのなかには、真実がある。ぼくは、行かねばならぬ時がきているような感じがする……何かへ向ってでもないし、きみから離れたいのでもない……だが、行くことのなかには、自由がある。

母　ねえ、偉い人には絶望なんてないんだよ。おまえが初めてお腹のなかで動くのを感じたのは、ロッカウェイ(訳註11)の浜辺に立っているときだった……

クェンティンは立ちあがっている。

クェンティン　（〈聞き手〉に）だが、力は？　どこに……

母　星を見ていたの。それが、きらきら、だんだん明るくなっていく。すると、不意にその星が落ちた、誰か偉い人が死んだみたいに。きっと、おまえはその人の身代りなんだよ。光に、世界を照らす光におなり！

クェンティン　（〈聞き手〉に）なぜ、このなかに……裏切りの気配を感じるのだろう？

父　（突然ダンと共にクェンティンの背後にあらわれ、母にむかって）いったい何をいっているんだ？　新規蒔直しで始めたばかりだ。だから彼が必要なんだ！

二人が言い争う間、クェンティンは、くいいるように、父と母を交互に見る。

母　ダンがいるわ、あの子は要らないでしょう！　仕事を見つけて、大学にいくつもり

父　なのよ。
母　仕事なら、ある！
父　お金がもらえる仕事よ！　若い時をむだに送らせたくないわ。あの子は人生を求めている の！
母　（一同はクェンティンをかこんでいる。ダンを指さし）この子は「人生を求めて」いないというのか？
父　ダンは違うのよ！
　　ちゃんと物事をわきまえているからだ！　（母とクェンティンを一緒に指さし）まったく似た者同士だな──「人生」を求めるか！　おれがこの子の年には、六人の家族を養っていたんだぞ！　（クェンティンのところへ来て）おまえは何だ、あかの他人か、え？
クェンティン　（父の顔の激変を見つめながら）そう、ぼくは力を感じた、行くことのなかに……そのなかにある反逆に。失敗があり、それに背をむけるのだから……

父は母と退場。

父　おれには奴が要るのだ！

ダン　（クェンティンに手をまわし）そんなふうに思わなくてもいい。おれはおやじが再起するのを見たいだけだ。おまえは行くがいい。おれも、景気がもち直れば、学校にもどるよ。

クェンティン　（ダンを見つめている。ダンはクェンティンのそばを通りぬけ、目に見えないクェンティンに話している）そう、いい人たちは残る……そこで死にはするけれど……

ダン　（手にした本を示し、目に見えないクェンティンに話しかける）おれの好きなバイロンだ、カバンに入れとくよ。おれの新しい、ダイヤ型模様のセーターも入れといたぜ、ただし熱湯で洗うなよ。いいか、忘れるんじゃないぞ、どこにいようと……（遠くで汽車の汽笛がなる。ダンは二番目の台に飛びのり、叫ぶ）どこにいようと、うしろにはおれたち家族がついているからな！　頑張れよ、読む本のリストを送ってやるぜ。

母と父とダンが、別れの手をふりながら、消える。フェリースも去る。

マギー　（急にベッドで起きあがり、足もとの空間に話しかける）だって、そんなに読めるかしら？

クェンティン　（びっくりして、くるりと回り）え？

彼とマギーのほかは、みんな闇のなかへ去ってしまっている。

マギー　どんな本なの？　あたし、高校も出ていないし……詩は好きだけど。

クェンティン　（彼女から視線をはずし、急いで〈聞き手〉のところへくる）これ以上、この虚栄のなかに身をおくことはできない。

マギー　（うっとりして、ベッドの上で）とても信じられない、来てくださるなんて！　五分間、いられる？　あたし、今じゃ、歌手なのよ、ね？　それも――（さもおかしそうに笑って）それも、トップ・スリーの一人。それが言いたくって言いたくって……だって、あの日あなたにお逢いしなければ、こうはならなかったんですもの。

クェンティン　なぜ愛について語るのだ？　今ぼくに見えるのは、彼女があたえてくれた力だけだ。よろしい。（心に葛藤を感じながら彼女の方をむき、しかたなく）やってみよう。（彼女に近づく）

マギー　ご免なさい、電話でびっくりさせたりして。真夜中すぎに事務所にいるなんて、思わなかったのよ。（神経質にひとり笑い声をたてる）ただ、あなたに電話したって気分になりたかったの。五分くらい、いられて？

クェンティン　（椅子にもどり）いいよ。急ぐことはない。

マギー　そうなのよ、あたしって、何だかせっかちなの！　何かお飲みになる？　それともステーキ？　ここには冷蔵庫が二つあるの。マネージャーがジャマイカに行っているの、だから、今週金曜日にロンドンへたつまでは、ここにいるの。パレイディアム劇場（訳註12）よ、大きなヴォードヴィル劇場なんですって。箔がつくっていうけど、なんだか怖い。

クェンティン　どうして？　歌をきいたけど、すばらしいよ。特に……（歌の題名が思いだせない）

マギー　ううん、まだ駆けだしだもの。「ニューズ」の記事、お読みになった？　あたしのレコードを冷蔵庫にいれるんですって、溶けるといけないから！

クェンティン　（彼女といっしょに笑い、そこで思いだす）「リトル・ガール・ブルー（訳註13）」だ！　とてもよかったよ、あの歌いかた。

マギー　ほんとう？　自分じゃ、セクシーに歌おうなんて、思っていないのよ。うまく、んて！　愛の気持でも出せればと……（笑う）とても信じられない、あなたがここにいるなんて！

クェンティン　なぜ？　電話、うれしかったよ。この一、二年、よくきみのことを思いだしたよ。きみが偉くなっていくのを見て、ひそかに満足していたんだ、ぼくなりに。

マギー　あなたのおかげよ。

クェンティン　どうして？

マギー　よくわからないけれど、あたしを見つめてくれた、あの目つきかしら。あの日までは、エージェントに会いにいく勇気さえなかったんだもの。

クェンティン　どんなふうに見つめた？

マギー　（肩をすぼめ――彼女にとっては一つの神秘である）まるで……自分をさらけだして。ふつうはみんな……ただ見るだけでしょう。うまく言えないけど。それに話しかた……

ルイーズ　（右手にすわり、トランプで独り占いをしている）裁判の準備書面を読むのが話すことなの？

マギー　どういうこと、さっきのひそかな満足って？

クェンティン　つまり――事務所でみんなが、マギーもえらくなったものだと笑っているのを聞くとね――

マギー　（傷つき、不可解そうに）笑ったの！

クェンティン　まあね。

マギー　（苦しそうに）そうなのよ、みんなが笑いの種にするの。

クェンティン　いや、それとは違うんだよ、マギー。きみは、ちっともぶったりしない――あるがままの自分を恥じていない。

マギー　ど――どういうこと、あるがままの自分って？

ルイーズが顔をあげる。独り占いをしている。

クェンティン　（微妙な点にふれたことにふと気づき）それは……きみが人生を愛しているってことさ……はっきり言うのはむつかしいけれど、つまり……

ルイーズ　淫売ということ。ちやほやしてくれれば、相手は誰でもいいのよね？

クェンティン　（〈聞き手〉に――マギーの空間のなかで立ち、動きながら）それは本当だ――ぼくは女にもてたことがない、みんなと一緒に笑い物にするような女からさえ――

マギー　でも、あなただけは笑わなかったわね、え？

彼は苦悩の面持で彼女の方をむく。

笑ったの？

クェンティン　いや。（急に立ち、〈聞き手〉にむかって叫ぶ）欺瞞だ！　初めの五分間から！……いうべきだったのだ、お笑い草だって！　しかつめらしく振舞おうとしている可愛い子ちゃんにすぎないって！　なぜ嘘をつき、慈善家づらをしたのだ、この……（耳を傾けて聞く。それから、しかたなく彼女の方をむく）

マギー　ドレスのほころびを直すようにいってくれた時なんかは？　誇りをもて――ということだったのね。そうでしょう？

クェンティン　（びっくりして）多分、そうだ。（〈聞き手〉に）確かに、そうだった！

マギー　（自分が彼の気持を動かしたことを感じ）お飲みになる？

クェンティン　（くつろいで）いいね。（あたりを見回し）この花はどうしたの？

マギー　（注ぎながら）ああ、どこかのバカな王子様か王様かなんかよ。契約書を送りつづけてくるの――離婚の場合は、十万ドルくれるって。そうすりゃ女王様だけど、エル・モロッコ(訳註14)でたった一回逢っただけなのに！　（笑って、飲み物を彼に渡す）あたしがガール・フレンドってわけ！　なぜ、そんなこと、書きたてたりするのかしら。

クェンティン　まあ、みんな、きみに触りたいからさ。

マギー　乾杯！　（二人は飲む。彼女は顔をしかめる）この味、きらい、あとの気分は好きだけど！　靴をおぬぎにならない？　楽よ、そのほうが。

クェンティン　いいよ。電話では、なんだか怖がっていたみたいだけど。

マギー　すぐ帰らなければならないの？

クェンティン　ここ、一人っきり？

マギー　大丈夫よ。あっ、そうだ！　先月、あなたの新聞の写真を切り抜いておいたの。ワシントンでハーリイ・バーンズ牧師の弁護をなさったときの。（枕の下から、小さな枠に入った写真をとりだしながら）ほら？　額にいれたの！

クェンティン　マギー、何か怖いことでもあるの？

マギー　ううん、あなたが来てくださったから！　おかしいの、この写真を見つけたときのこと——父に逢いに汽車で——

クェンティン　さぞ、喜んでおいでだろうね。

マギー　（笑いながら）ぜんぜん――だって、あたしが一つ半のとき、家を飛びだしちゃったんだもの、これはおれの子じゃないって。母は、そうだって、いつも言っていたけど。インタビューのときだって、どう答えたらいいか、わかんないのよ、どこで生れたなんてきかれても。で、考えたの、一度会ってみたら――一目見ればって……うまく言えないけど。

クェンティン　そうすれば、自分が誰か、わかるわけだ。

マギー　そうなの！　でも、電話で話そうともしてくれなかった――「おれの弁護士に逢え」、ただそれだけで、ガチャン。だけど、帰りの汽車のなかで、あなたの写真があった、座席からちゃんとあたしを見あげてるの。だから、言った、「自分が誰か、わかってるわ！　あたしはクェンティンのお友達！」って。でも、心配しなくていいのよ、お友達の一人にしてくれれば、ね？

クェンティン　（短い間のあとで）うん、友達にね。ただ、きみは美しすぎる――からだや顔だけではなく。

マギー　もう会ってくださらなくてもいいの。あたし、何でもする、あなたのためなら、

クェンティン――あなたって、神様みたい！

クェンティン　ドレスのほころびを直しなさいぐらい、誰だっていうよ。

マギー　ううん、みんな笑うか、ひっかけようかするだけなの。

クェンティン　(〈聞き手〉に) そう！　これではっきりした——自尊心だ！　はじまりは——ぼくは一緒に寝ようとしなかった！　それを彼女は、自分の〈価値〉に対する賛辞ととった、ぼくは怖かっただけなのに！　これは、偽善だ！……だが、なぜ愛について話すのか？

マギー　ねえ！　何をしたか、知っている、あなたのために？　(彼は彼女の方をむく) グロトン(訳註15)の造船所で潜水艦の命名をしたの、職工さんたちから投票で選ばれて！　それで、十人ほど職工さんを壇の上によびあげたの、だって造ったのはこの人たちでしょ？　提督が何ていったと思う？　気をつけなさい、コミュニストと思われますよ。それで、あなたのこと思いだして、言ったの、「何が悪いの、貧乏人の味方でしょ、コミュニストって」。そうでしょ？

クェンティン　まあ、そうだが、もう少し複雑なんだ。

マギー　あら！　あたし、いろんなことが知りたい。

クェンティン　まず自分の目で見ることだよ、マギー、それが本を読むよりも大事だ。

マギー　あなたにはわかるけど——自分の見ているものが、真実かどうか。

クェンティン　(困って) きみ、怖いの？……え、いま？　(マギーは緊張して彼を見つめる。長い間）何なの？　一人でここにいるのが怖いの？　（間）誰か一緒にいてくれる人、呼べばいいのに。

マギー　誰もいないの……そんな人。

クェンティン　（短い間）何かしてあげられる？……遠慮しなくてもいい。

マギー　（ためらいぬいたあとで、ついに）あの……その押入れ《クロゼット》の扉あけてくださらない？

クェンティン　（見やり、視線を彼女にもどし）ただ開ければいいの？

マギー　ええ。

彼は暗い方へ出て行く。彼女は注意深く起き直り、見まもっている。彼は〈クロゼット〉をあける。彼がもどってくる。彼女はうしろにもたれる。

クェンティン　何か話したいことがあるの？　笑ったりしないよ。（坐る）何なの？

マギー　（非常に言いにくそうに）前に寝ようとしたら——急にあのクロゼットの扉の下から、煙が出てきたの。どんどん出てきて、部屋じゅうがいっぱいになりそう！

彼女は、泣きそうになって、言葉をきる。彼は手をのばし、彼女の手をとる。

クェンティン　よくそんな夢、みるの？

マギー　目はさめていたのよ！

クェンティン　じゃ、白日夢だ。眠ればなくなるよ。こういうことは、その原因をたどれば、説明がつくよ。

マギー　ええ。精神分析をうけているの。

クェンティン　じゃ、医者に話せば、すぐわかるよ。

マギー　それ、あなたに電話しようとしたときなの。(彼女は自分自身のいろいろな関連について思いうかべようとしている）あのね、ママったら——いつもクロゼットで服を着替えていたの。ママはとても——道徳的でね……でも、ときどきそこで煙草をすっていた。だから、出てくるとね、体じゅうが煙だらけ。

クェンティン　きみは多分——ぼくに電話するのを、ママが望まないと感じたわけだ。

マギー　（びっくりして）どうしてわかるの？

クェンティン　ママは道徳的なんだろう。それなのに、きみが妻子のある男に電話すりゃね。

マギー　そうなの！　いつか枕を顔に押しつけられて、殺されそうになったことがある、悪い子だって――まるでママの罪をしょったみたい。あたしの髪、ママゆずりなの、背中も。（半ば彼の方をむき、裸の背を見せる）いい背中でしょう？　マッサージの人がみなそう言うわ。
クェンティン　うん、そう、きれいだよ。でも、ぼくに電話するのは、罪ではないよ。
マギー　（子供のように頭をふり、救われたように笑う）悪い子じゃないわね？
クェンティン　とても道徳的だよ、マギー。
マギー　（婉曲に、おそるおそる）ど――どういうこと、道徳的って？
クェンティン　真実をいうこと、自分の意に反しても。きみのは、ふりではない――〈聞き手〉の方をむき、ひどく嬉しそうに）本当に純粋なのだ！　そう、こうも飾らない、無邪気な人がいるなんて！　いや、すばらしい！

母があらわれ、手をあげる。ルイーズは退場。

母　星を見たんだよ……
マギー　あたし、祝福するわ、クェンティン！　（母は消える。クェンティンはマギーの方をむく。彼女は彼の写真をふたたび手にしている）寝るときはいつも、これを抱いて、おやすみを——幸せを祈るわ。いいこと。（写真を強く頬に押しつける）
クェンティン　おやすみ。
マギー　ええ！（うしろにもたれる）ほんと！　なんだか……すっきりした！
クェンティン　（手をふり）ロンドンでの成功を祈るよ。
マギー　あの、もう一度——道徳的って何？
クェンティン　真実を生きること。
マギー　それがあなたね！
クェンティン　とんでもない。そうなりたいと思ってはいるが。助けが欲しいときは、気にせず電話するんだよ。（彼女は急に消える。彼はひとり、思いを追いつづける）いつでも——（ダンがクルーネックのセーターを着て、本をもって現れる）——必要なときは、電話する、いいね？
ダン　うしろには家族がついているんだ、クェンティン。（汽車の汽笛がなると、別れの手をふりながら、暗闇の方へあとずさりする）いつでも、必要なときは……
クェンティン　（おどろいて、急いでダンの方をむくが、彼はいなくなっている。ダンが去った空間をなおも見つめながら、〈聞き手〉に）わかるね？　欺瞞ではないが……まあ、ごまかしだな。ぼくは彼女のところへ、ダンと同じく――善意そのもので行った！　これでは、自分自身を見つけられないのも、むりはない！

　フェリースがあらわれ、マギーは退場。フェリースは包帯をはずそうとする。

　彼は想念を追う。

先夜の女だ。いつ出ていったのか。まだはっきりしないが、突然、あの二つの電灯の台がぼくの壁に。（〈壁〉の方へ歩き、見あげる）ぼくがしたのではない、したい気持はあったが。こんな――（向き直り、十字架のキリストのように両腕をひろげる）――ふうに！（いまいましそうに、腕をおろす）わからん！　彼女が……何かをくれたからだ！　彼女を変える力か！　まるで――（叫ぶ）――何かを彼女に感じているみたいだ！（笑いそうになる）いったい何をしようとしているのだ、誰もかも愛そうというのか？

　このせりふは自嘲と怒りで終る。すると非常な速さで、第一次世界大戦時代[訳註16]の衣裳をつけた女（母）があらわれる――ギブソン・ガールふうの帽子をかぶり、顔にはベール、そしてくるぶしまでの長い服をきて、手には玩具の帆船をもっている。彼女は、その帆船を小さな少年に渡そうとするかのように、体をかがめる。声は、ささやくような感じで、遠く、くぐもっている。父が、呼びながら、登場、あとにダンがつづく。

母　クェンティン？　ほら、アトランティック・シティ(訳註17)で買ってきたんだよ——海岸通りで！

少年は、どうやら走って逃げだしたらしい。母はすぐ心配し、怒って、ある地点まで追うが、立ちどまり、とじられたドアの前にいるかのように、呼びかける。

鍵をはずして！　いい子だから。何もだましたんじゃないんだよ。ダンをつれていったのは、年が上だし、ママも休みたかったからなの！　でも、ファニーが言ったでしょう、すぐ帰ってくるって？　どうして水を流すの？　クェンティン、とめなさい！　パパ、早く来て！　ドアを破って！　こわして！　(闇の中へ駆け去る)

しかし、ふしぎな怒りが彼の顔にあらわれている。彼は母のあとを追って行きかけるが――〈聞き手〉に……

ぼくを女中と散歩に出して、帰ってみると誰もいなかった。なぜ、この裏切りが、いつまでも根に残っているのだ？　いい母だったが、どうしてもその死を悼む気になれない！

公園のベンチに照明。マギーがあらわれる。男物の白い厚いセーターを着、赤毛のかつらにアンゴラのスケート帽をかぶり、モカシンをはき、サングラスをつけている。

マギー　（からのベンチに）こんにちは！　あたしよ！　マギー！
クェンティン　彼女のことも悼む気になれない……いや、ぼくがあの女を殺したと思っているからではない。それは……
マギー　（からのベンチに）言ったでしょ、こうすれば誰にもわからないって！

クェンティン　……そのなかに自分を見出せないからだ。罪があるのか、潔白なのか！　それにしても、ぼくの愛は、いや、罪でもいい、どこにあるのか？　かつては見たのだ！　確かにクェンティンはいた！

マギー　このあいだの晩、あなたが帰ったら、すぐ眠っちゃった！　このかつら、どう？　それに、この靴！

短い間。こんどは彼はほほえみ、ベンチの彼女の横にくる。

クェンティン　あとは、ローラー・スケートだけだね。

マギー　（うれしそうに手をたたき）おもしろい人！

クェンティン　（半ば〈聞き手〉に）すっかり忘れていた――（まったく彼女だけに）――とってもきれいだ。まぶしいくらいだ。

彼女はうっとりとして、しばし沈黙。

マギー　新しいアパート、見て？　エレベーターもなければ、ドアマンもいない。誰にもわかりっこないわ。ワシントンへたつ前に一休みなさったら。（彼は答えない）だって、ロンドンのあと、パリへ行くことになったの。
クェンティン　で……どのくらい？
マギー　まあ、二カ月かしら。（二人は同じことに気づく——別れは苦痛だ。彼女の目に涙がうかぶ）クェンティン？
クェンティン　ねえ……（彼女の手をとり）これ以上、ぼくから求めないことだな。
マギー　わかってる！　だけど、ワシントンに行けたら、ホテルにミス・ナンといってチェックインするんだけどな。
クェンティン　ナン？
マギー　名なしのナンよ。前に決めたの、だって、偽名をしょっちゅう忘れるの、それで、なんだっけなあっていうんで、ナン！　（たのしそうに笑う）そうしたの。
クェンティン　そりゃいい考えだ。政府の連中はぼくを嫌っているけれど、ホテルに帰れば……
マギー　それなのよ！　委員会でガンガンやられたって、考えていればいい、裸のあたしのこと……
クェンティン　そいつはいい！

マギー　幸せな気持になれるわ。
クェンティン　（やさしく微笑みかけて）悩ましくね。
マギー　だって、一つ事のはずよ、人助けとセックスは。次の日に、さえた議論ができてよ！
クェンティン　（新しいことに気づき、おどろく）知っている？　きみの額に書かれている言葉？
マギー　なに？
クェンティン　「今」
マギー　だって、ほかに何があるの。
クェンティン　将来というものがある。ぼくはこれまで、それを大切にしてきた、落してはいけない花瓶のように。だから、誰にもさわれないんだ、ね？
マギー　でも、なぜ、片手で持てないの、それ？——（彼は笑う）——そして、もう一方の手でさわればいい！　迷惑はかけないつもりよ、クェンティン。
　彼は、もう時間がないのではないかというふうに、自分の時計を見る。マギーは、それに元気づいて、彼の時計をのぞきこむ。

クェンティン　で、きみは？
喉がかわいた時のようにすればいいのよ。飲んだら、行ってしまう、それだけよ。
マギー　そうね……あげたものは取る。
クェンティン　きみって、愛のかたまりみたいだね？
マギー　そうなのよ！　人間、いつ死ぬか、わかんないもの。（不意に）あ、そうだ！
遺言もってる！　（ポケットをさぐり、折りたたんだ一枚の便箋をとりだす）タイ
プしてなくても、法律ではいいのね？
クェンティン　（それを受けとり）遺言など、どうするの？　（遺言を読みはじめる）
マギー　二年もしたら、百万長者みたいになれるのよ！　それに、しょっちゅう飛行機
に乗らなきゃならないし。
クェンティン　（彼女を見つめて）これ、誰が書いたの？
マギー　ジェリー・ムーン。あたしのマネージャーのアンディのお友達――建築をやっ
ている人。でも、とっても法律に強いの。証人になって、そこに署名《サイン》してくれた。
サインするの、見たわ。あたしの寝室で――
クェンティン　何もかも、マネージャーにいくようになっている。

マギー　ええ、でも、さしあたってなの、誰か思いつくまで。
クェンティン　本当に誰もいないの？
マギー　ええ！
クェンティン　なにもそう急がなくったって――
マギー　でもね、アンディの飛行機が落ちたりするとね。五人の子持ちなのよ、だから
――
クェンティン　彼の家族のことまで、責任を感じるの？
マギー　ううん。でも、助けてくれたし、お金も貸してくれたのよ、まだ、あたしが――
クェンティン　百万ドルも？

二人の少年が野球のグラブを持って、奥に登場。

マギー　（やっと気がついてきて、不安になる）まあ、百万ドルじゃないけれど……
クェンティン　誰、きみの弁護士は？
マギー　そんなの、いないわ。
クェンティン　（しかたなさそうに、口出しするのは厭なのだがというように――つと

めて淡々と話す）自分の弁護士をもつようにって、誰もいってくれなかったの？

マギー　信用すれば、誰だって同じでしょう、ね？

　短い間。彼は心を決める。そして彼女の手をとる。

クェンティン　行こう、きみの家へ。

マギー　（いっしょに立ちあがりながら）オーケイ！　だって、アンディにもいいんなら、あたしにもいいのよ。

クェンティン　忠告はしてあげられないが、まあ、これにはぼくのわからないことがあるのだろう。行こう。

マギー　違うわ！　アンディとは関係なんか、ないわ。あたし……誰とでも寝たりしないわ！　（彼は彼女をつれて行きかけるが、彼女は続ける）そりゃ、男はたくさん知ってるけど、なんにも貰わなかったわ。まあ、慈善事業みたいなものよ。精神分析のお医者さんが言ったわ、あたし、貧しき者に与えているんだって。でも、慈善施設じゃないの。信じてくださる？

クェンティン　（マギーを猛烈に欲しくなり）信じるよ。行こう。

野球道具を持った数人の少年が、彼らの行く手をさえぎる。最初の二人のうちひとりがマギーを指さす。

少年　マギーだぜ、やっぱり！
マギー　（クェンティンの腕を引っぱり、防ぐように、しかし興奮し）違う、似ているだけ、あたしはセアラ・ナンよ！
クェンティン　行こう！

クェンティンがマギーを引っぱって行こうとするが、少年たちが彼女をつかまえる。彼女は鉛筆と紙きれを受けとり、サインしはじめる。

少年たち　（口々に）
　　へイ！
　　――サインしてよ、マギー！
　　――部室に来てよ！

――つぎの出し物はいつ？
――ヘイ、マグ、レコード全部持ってるぜ！
――何か歌って！
（サインしてもらおうと紙を渡し）
――弟のために、マグ！
――セーターとれよ、暑いだろ！
――テレビでやったダンス、どうだい！
（一人の少年が色っぽく体をくねらす）

クェンティン　もういい！

クェンティンは脇に押しだされていたが、中へ入り、彼女をつかみ、引っぱって行く。彼女はうしろ向きに歩きながら、なおも少年たちと歌ったり笑ったりしている。暗くなっていく。少年たちは去る。彼女は彼の方をむく。

マギー　ご免なさい！
クェンティン　まるで食いものにされてるみたいだな。あんなこと、好きなのかい？

マギー　ううん、でも、大衆ですもの。汽車まで、いてくださる？　買った家具はみんなフランスの田舎ふうよ。（セーターをぬぐ）どう？　自分で選んだの。ベッドも、レコード・プレイヤーも。きっと、いい部屋になるわ、ね？

黙ったままクェンティンは彼女の手をとる。そして引きよせ、接吻する。

好きよ、クェンティン。あなたのためなら何でもする。でも、迷惑は絶対かけない。

クェンティン　きれいだよ、まともに見ていられないくらいだ。

マギー　ちゃんと見たことないの！　（あとずさりしながら）どうしてそんなとこに立ってるの、裸になってこようというのに！　もっとおそい汽車、ない？

クェンティン　（間のあとで）なあに、おそい汽車なら、いつだってあるさ。（上着のボタンをはずし始める）

マギー　音楽をかける！

クェンティン　（笑いながら、言う）そう、音楽だ！　（彼は現在の自分にかえろうと努める。上衣をあけながら、〈聞き手〉に）ここだ、このあたりなんだ！　どうも、ごまかしがあった！

うきうきとしたジャズが聞こえてくる。

マギー　ねえ、靴をとらせて！

父と母とダンが登場。マギーはクェンティンの足もとにかがみ、靴のひもをとき始める。身を固くし、たかまってくる恐怖とともに、彼はマギーを見おろす。人影が闇のなかで動く。

クェンティン　マギー？

マギー　（床から見あげ、ひもをとくのをやめ）え？

彼はあたりの闇を見回す。突如父が前へ飛びだす。

父　何がしたいいんだ！　何が欲しいいんだ！　一体おまえは何だ！

ルイーズがあらわれ、本を読んでいる。ダンは、自分の手が彼女にふれそうなほど、ルイーズのすぐそばに立っている。

ダン　うしろには家族がついているんだ。

母は独り離れ、かなり官能的に動く──クェンティンは、押されるように、マギーから離れる。

クェンティン　（みんなに向ってわめく──腹立たしげに両方のこぶしを彼らに対して振りあげて）だが、ク、ク、クェンティンはどこにいるんだ？

母　ええ、持ってきてくれたわ、詩を、ストラウスは……小説も、読めって……

クェンティン　（憧れにひたっている母の方へ行き）そう、そう！　だが、それは裏切りなのだ！　その願望には、共犯の怖れがある。そう、それは、こういう誠実な、落ち目の人たちに、酷すぎる。それにしても、クェンティンはどこにいる？　服をぬぐかわりに──このざまだ！　マギー──

マギー　いいわ。まあ、こんど帰ってきたとき──

クェンティン　きみは——あの遺言を破らなければいけない。（〈聞き手〉に）主義や主張がなければ、寝ることもできないのか！　だが、どうやって愛について語ればいい？　彼女はくだらん男どもに、ひどい目にあってきた。その名前は、汗くさいロッカー・ルームや、葉巻をくゆらす特等車のなかで噂のまとだった！　だが、あの日、彼女は真実をつかんだ、しかしぼくは、「救わなければならない」という嘘を持ちこんだ！　何から救うのだ？　自分自身の軽蔑を棚にあげて！
マギー　（さっきクェンティンがいた誰もいない空間にむかって）でも、精神分析のお医者もいっていたわ、かまわないって。あたしのような者は、誰かがいるほうがいいんだって。
クェンティン　マギー——正直な男なら、あんな遺言を書かせるはずがないよ。
マギー　でも、さしあたってなの——
クェンティン　もしぼくが、アンディなり、この証人や精神分析医に逢いにいけば、おそらく——なにがしかをよこすはずだよ、口止め料として。みんなできみを食いものにしているのだ——
マギー　だって……とてもあんなお金、使いきれないわ！　二十五ドル以上は、頭が痛くなるのよ。

クェンティン　連中は、金をまきあげるだけじゃない、きみの魂をぶちこわしているのだ。きみは一切れの肉ではない。きみは、誰にでも借りがあるみたいに、言いなりになっている！

マギー　わかってるの。（彼女は叫んでうなだれる。希望と恥辱でふるえている）

クェンティン　（彼女の顔をあげさせて）だけどね、マギー、きみは一人前なんだ！　寝る所をさがして駆けまわる子供じゃない！　成功とか金があるとかだけじゃない、まともで、まじめで、一流の人間だ、民衆を大事にする。いかがわしい人間たちの言いなりになってはいけない、そこいらの——女たちみたいに！

彼女は、愛と絶望にすすり泣き、床にくずおれ、彼のももをつかみ、ズボンに接吻する。彼は見まもっていたが、急に彼女を助け起こし、深い憐れみと希望をこめて……

マギー、立つんだ！

音楽がふたたび聞こえはじめる。彼女は涙ぐんで不思議な微笑をうかべる。

そして、習い性となった感じで、ブラウスのボタンをはずし始める。マギーの体が服の下で、リズムに合わせて、くねくねと動く。彼女が踊りはじめると、彼は頭をふる——そして〈聞き手〉に……

いや、愛ではない、演技して生きるのをやめさせること、それだけだ！　生きる——（言葉をさがす）勇気をもち、信念に生きること！　（ダンと父に）そうだ！「いい子」になるのはやめるのだ！　見せかけはやめるのだ！　（母に）怖れず見せるのだ、クェンティンを、あるがままのクェンティンを！

ルイーズ　あなたにはないのね、慎みってものが……

高い法官席があらわれる、それに星条旗も。委員長が槌で一回たたく。委員長は、クェンティンを高いところから見おろす他の人たちに、左右をかこまれている。

クェンティン　その慎みってやつがくわせものだ！　真実を語るんだ、慎みではない。まやかしの潔白さを主張する政治なんて、くそくらえだ！　（委員長に）ぼくは宣言する、ぼくは潔白ではない！――善良でもない！

委員長　しかしだね、バーンズ牧師には、チェコスロバキヤのプラハで開かれた、共産主義者主導の平和会議に出席したか否かについて、答えを拒む権利はない。いや、弁護人は証人と協議することは許されない、これは裁判ではないのだ！　身におぼえがなければ――

クェンティン　これが問題だ――身におぼえがないか！　あなたの愛国的な選挙区で、何人の黒人が投票することを許されています？　あなたの社会的、政治的、民族的感情のどこがヒトラーと異なるのです？　それに裁判ではないと？　ペテンだ、現にあなたの「調査官」たちは、この人の教会のなかで、彼を追いだそうと策動している。

ハーリイ・バーンズ　（立ちあがる。聖職者用の白いカラーをつけている）わたしは憲法修正第一条および第五条にもとづき、拒否します。

クェンティン　（強い悲しみをこめて）だが、いいのかね、ハーリイ――はっきり訊くが――もし立場が逆になり、彼らがきみの前に立ったとき、答えんでもいいですませるかい？　憎むべき連中なんだぜ？　（ハーリイは、むっとして、疑わしげに彼を見る）ぼくはもう、何を主張していいか、わからないのだ。悪に対して、ノーを言うだけでいいのか？ 正しいノーのなかにさえ、ごまかしがある。必要じゃないのか――言うことが――（ハーリィは去る、そして委員長たちも。マギーがそこにいる――髪をさげ、指をならしながら）――最後にイエスということが……何かに対して？ （マギーの方をむく。彼女はベッドに横になっている）イエス、イエス、イエス。

マギー あたしに何か言って。

クェンティン （彼女を見おろして）事実……事実……事実……事実がだいじなのだ。

マギー あたしの中で歌って。

クェンティンは〈聞き手〉のところへ行く。

クェンティン たとえ罪にとわれようと、真実が言えないとは！

マギー たのしくやって。

クェンティン 真実は蔑むべきなのか！

マギー あたしがそう。

クェンティン 真実は泥まみれなのか、盲目で、無知で。

マギー　だけど、誰も言わなかった、あたしに「立て！」なんて。

クェンティン　血が事実なのだ、この世は修羅場というわけか――そう！

マギー　今よ。

クェンティン　〈聞き手〉の前にすわり、マギーに背をむけ）これに対しては、そう。

マギー　今……今。（間）クェンティン？　（彼女はベッドから立ちあがり、毛布を体にまき、舞台奥の一点にくぐもった声で呼びかける）クェンティン？　その石鹸は匂いがないの、心配いらないわ。（短い間）いいの！　急がないで、あなたを待つのが好き！　（床を見やり）この靴、好き。趣味がいいわ！　（奥へ行く）ご免なさい、食べる物が何にもなくて、うっかりしてた！　これからは、朝は卵、夜は――ステーキを用意するわ。そうなったらよ。したいようになされればいいの、いつでも。（むきなおり、正面を見ながら）好き？

ホルガが上にあらわれる。空港で、彼をさがしている。

クェンティン　（マギーに背をむけ、〈聞き手〉に）これはみんな事実だが、真実ではない。思い返してみると、ひどく安っぽい。ぼくは彼女を愛した。ぼくの苦々しい思いが嘘をつかせているのだ。ぼくは怖い。約束するのが。（ホルガを見あげ）そんなことをしていいのか、自分の人生もわからぬ男が。

マギー　（床から〈ネクタイ〉をひろう）まあ、ネクタイがしわだらけ！　ご免なさい！　あ、そうだ、一本ある、きれいな、男物のネクタイが。（はっとして）偶……偶然あるのよ！　（笑いとばして、闇のなかへ消える。ホルガもいなくなる）

クェンティン　この模糊とした安っぽさと虚飾の下に、この不幸につながる法則がある。ぼくはそれを、法律と同じほど、きびしくはっきりと見た。見たと思う……愛と共に。いや、愛は思いだすことができるのだろうか？　それは地下の酒蔵でバラの匂いを思いおこそうとするようなものだ。花は見えても、匂いはむりだ。それがバラの真実ではないか――匂いが？

二番目の台にマギーが、ウェディング・ドレス姿で照らしだされる。黒人の女中キャリーがベールのついた帽子をかぶせているところ。デザイナーのルーカスがひざをついて、前のように、裾のへりの仕上げを大急ぎでしている。マギーはくるくる回り、目を大きく開き、見えない三面鏡の中の自分をながめる。クェンティンが立ちあがりかける。

マギー　急いで、ルーカス、式は三時よ！　急いで、お願い！　（ルーカスはさらに急いで縫う）

クェンティン　（〈聞き手〉に）ぼくは彼女に会いたい……もう一度あの愛と共に！　なぜそんなに難しいのか？　あそこに立っている、希望にみち、晴着姿で勝ち誇り――

マギー　（人生の淵に立って未来を見ている。ルーカスは最後の糸をかみ切る）これであたしは変るのよ、ルーカス。あの人が救ってくれた！　新しい遺言もできたし、精神分析医も変えた――すてきなお医者さまよ！　契約も全部やり直し、まともに払ってもらっていなかったんだもの。それにラドウィグ・ライナーが引きうけてくれるの！　オペラ歌手だって使わない人よ、芸術家でないかぎり！　いくらお金を払ったって。とても無理だと思ったんだけど、クェンティンが行けといったんで……そしたら、やってくれることになった、ラドウィグ・ライナーがよ！

彼女はくるっと回り、クェンティンが入ってくるのを見る。二人はハッと身がひきしまるような思い。ルーカス去る。キャリーはマギーの額に軽くふれ、無言で祈る。

クェンティン　やあ、完璧だね。

マギー　(彼の方におりて来ながら) 好き?

牧師と女の客一人が二番目の台に登場。

クェンティン　これで毎晩、帰れるわけだ、きみのところに!

彼は、笑いながら腕をひろげ、彼女のところへ行く。だが彼女は、興奮し、変におどおどした様子で彼の胸にさわるだけである。

マギー　今はだめ、クェンティン、でも、これからはいつだってあなたのものよ。

クェンティン　すばらしいことが現に起っているのに、まだ信じられないようだね。これは夢じゃないんだぜ、きみはぼくの妻だ!

マギー　(不安でかすれたような声で) なぜ精神分析に行ったか、話したいの。

クェンティン　きみはいつも新しい打明け話をする、で——
マギー　だって、おっしゃったでしょう、何が起っても、愛し合わなければならないって？　たとえ悪いことでも？
クェンティン　（彼女のひたむきさに押されて、まじめに）そうだよ。

牧師と女の客は去る。

マギー　あたし……二人の男と……同じ日に。

彼女は彼から目をそらしている。婚礼の客たちが二番目の台にあらわれる。

同じ日なのよ、ねえ。（泣きそうになり、こびるように、妙におどおどした態度で彼を見つめる）これからはいつもあなたを愛するわ。ただ、心をいれ変えたと言いたかったの。
クェンティン　ねえ、起きたこと自体は重要ではない、きみがそれから何を得たかだ。何があったにせよ、きみのしたことだ、いいとも！（急いで〈聞き手〉に）そう！――こうして、ぼくらは共謀して、過去を冒瀆した。過去は神聖なのだ、そしてその恐怖は最も神聖だ！（マギーにもどり）で……なにか……もっと……

マギー　（希望をとりもどして）多分……だから、いい奥さんになれるわね？

クェンティン　そうとも！

エルシーが上に登場、客たちのなかに加わる。

マギー　（過去の苦痛が実を結んだのを見て、うれしそうに）あたし、好奇心は強くないわ！　あなた、びっくりするわよ、いわゆるお上品な女たち、あの連中がニコッと笑っても、亭主たちは知らないの。でも、とっても好奇心が強いんだから。でも、あたしは何もかも知っている、だから王様が持てた！　だけど、あなたを笑い物にしようとしている人たちがいるわ！

クェンティン　もう、そんなことはないよ。ぼくが見ているその顔が見たいんだよ。さあ！

マギー　（動こうとせず）何が見えるの？　教えて！　（抑えていられなくなり）だって……恥ずかしいと思ったことはあるでしょう、え？

クェンティン　ぼくはきみの苦しみがわかる、マギー。それがわかったら、恥ずかしさなんか消えたよ。
マギー　それまでは……恥ずかしかったのね？
クェンティン　（言いにくそうに）そう。だけど、きみは勝った。きみはぼくにとって旗のようなものだ、民衆が勝てることを証明する……

ルイーズが奥に登場、髪にブラシをかけている。

マギー　もう――ほかの女には目もくれない？
クェンティン　奥さんというものは、愛されるものなんだよ！
マギー　（新たに強い葛藤がうまれて）さっき、なぜ――あのエルシーにキスしたの？
クェンティン　ただの挨拶さ。いつだって、誰にでも抱きついてくるんだ。
マギー　でも――あなたにぴったり体をこすりつけてたわよ。
クェンティン　（笑いながら）そんなことないよ――
マギー　（深い不安をぶっつけて）見たわよ。あなたは、そのままにしていた。
クェンティン　（笑いとばそうとして）別に意味はないさ――

マギー　あたしは昔のようにしていればいいの――ただボウッとして？　（訴えるように、少し気を悪くして）だって、物事の意味を見つけろと言ったのは、あなたよ。なぜ、あんなこと、させたの？

クェンティン　勝手にやって来て、抱きついた。ぼくにどうしろというのだ？

マギー　（おびえたように怒りを爆発させる）やめろって言ってやればいいのよ！

クェンティン　（びっくりして）いや……そんなふうに取られるとは思わなかったな。

女の客　皆さん！　用意を！

客たちが階段にならび、マギーとクェンティンのために通路をつくる。

クェンティン　さあ、みんなが待っている。

彼は彼女と腕をくみ、行こうとして向きを変える。ウェディング・マーチがきこえる。

マギー　（泣きそうになって）教えて、クェンティン！　どうすればいいの！　許して、あんなこと言ったりして。

クェンティン　(ルイーズの幻影を意識して) なあに、思ったとおり言えばいい。真実はぼくらの側にあるんだ。言いたいことを言うんだ!

マギー　(歩きながら、たのむ) しっかりつかまえていて!

クェンティン　(舞台を半ばまで行き、なんにもない空間の方をむく。腕は、まだ彼女と並んで歩いているように、組んだままのかたちである) 大丈夫、いつも一緒だ!

マギー　(客たちの通路にそって歩きながら) いい奥さんになるわ。すばらしい奥さんに。

キャリー　神よ、この子に祝福を。

マギー　(暗い方へ歩いていくとき、つまずく) クェンティン、感じられない!

ウェディング・マーチが消える。ルイーズも奥に退場。

クェンティン　(気をそがれはするが、彼女をはげますように——〈彼女〉と共に前方に来ながら) ちゃんとつかんでいるよ! ほら、みんながほほえんでいる、祝って。オーケストラの連中まで、Vサインを出している! みんながきみのことを好きなんだ! なぜ悲しんだりするの?

急に、舞台のずっと奥から、マギーが笑い声と共に、大声で叫び、毛皮のコートをきて飛びだしてくる。前面の壁を指さしながら……

マギー　おどろいたでしょ！　どう？　いないあいだに、急いでやってもらったの！
クェンティン　（二人は舞台半分ぐらいは離れている）うん、すばらしい！
マギー　居間が広くなったでしょう？　（左手に駆けて行き）あの壁もとりたいわ！　いい？
クェンティン　（彼女の方を見ずに、その思い出のなかで）だって、つけたばかりだよ、あの壁は。
マギー　たかがお金だけのことよ。広くしたいの、お城みたいに、あなたのために！
クェンティン　いいね、しかし、税金の払いも残ってるんだぜ。
マギー　言ったじゃない、あたしの額には一つの言葉が書いてあるって。「今」が大切なの。来年、うんと稼ぐわ。
クェンティン　これだって殆んど借金——
マギー　先のことは先のこと、花瓶のように大事にしないでいいの——あたしにさわって、いま！　あたしはここ、それが「今」なの！

彼女は半暗がりに駆けて行き、そこでキャリーとドレッサーと秘書にとりかこまれる。

クェンティン　（自分の意に反して――ひとり前舞台で）いいとも！　ぶちこわせ！　すばらしくしよう！　今すぐ！　ぼくは慎重すぎるんだ……ご免よ！

彼女の声が不意に、レコードの声になって聞こえてくる。彼は心から嬉しそうに微笑し、ちょっとの間、独りで踊る。重役たちの一団がマギーをかこむ。彼女は金色の服をまとい、注意深く耳をすまして聞いている重役の一団のなかから、あらわれる。クェンティンは彼女のところへ急ぐ。

マギー――あれ、すばらしいよ！

マギー　（心配して、不安そうに）だめよ！　本当のことをいって！　あのピアノ、合ってないの、ちゃんと聞いて！

サングラスをかけ、スモーキング・ジャケットをきたピアニストが、レコードに耳を傾けている一団のあいだから現れる。

クェンティン　でも、誰も気がつかないよ！

マギー　あたしにはわかる。いいほうがいいでしょう？　ワインスティンに、ジョニー・ブロックにしてくれといったのに、あのホモをよこしたの、あたしのリズムについてこれないのよ！

ピアニストは侮辱され、黙々と去る。

クェンティン　だって、トップの一人だと言っていたぜ。

マギー　ブロックが最高と言ったのよ。それなのにお金をしぶるから。何百万も儲けさせているのに。これでまた物笑いの種になるわ。

クェンティン　なんなら、ワインスティンにぼくが話そうか……（急いで舞台奥のある所まで行く）。

マギー　(そのあとから叫ぶ)だめよ、こんなくだらない仕事に首を突っこんじゃ。大事な事件をかかえているのに――

クェンティン　ワインスティン、ジョニー・ブロックにしてやってくれ！　(彼女のところへ戻ってくる。新しいレコーディングの歌がきこえてくる)ほら！　聞いてごらん！　(彼女は彼の腕の中に飛びこむ。重役たちは、身振りでおめでとうの意を表しながら、去る)ね？　なにも大騒ぎすることはないんだ。

マギー　ありがとう！

クェンティン　言ってくれれば、いつだってぼくから話すよ……

音楽は消える。

マギー　ねえ？　みんな、あなたに一目おいているのよ。ラドウィグ・ライナーったら、あなたがスタジオにくるだけで、あたしの声にハリが出るんですって！　ああ、あたし、いい奥さんになるわ、クェンティン、ときどきいらいらして……駄々をこねるけど。でも、仕事は完璧でありたいの、みんなは儲けだけを気にするけれど。(気落ちしたように腰をおろす)

クェンティン　そのとおりだよ――彼らにきみの自尊心を求めても無理なんだ。どう、散歩に出てみないか？　このところ、全然してないね。（彼女のそばにしゃがむ）
マギー　愛している？
クェンティン　大好きだよ。きみに生きる喜びを見つけてもらいたいんだ。
マギー　あたしって、お金をうみだす笑いの種にすぎないの。
クェンティン　だんだん変ってきているよ、立派な楽団もあれば、ジョニー・ブロックもいる、音響のスタッフだって――
マギー　やっと手に入れただけよ。「よし、マギー、よく稼いでくれた、きみにはもっと伸びてほしい、何をしたらいいかね？」ってわけで。
クェンティン　金になりさえすりゃ、連中はソーセージだって売りかねない。愛なんか期待したって、むりだよ。

間。孤独が彼女の上にひたひたと迫ってくる。

マギー　じゃ、どこで見つけようかしら？
クェンティン　（放りだされたように）マギー、どうしてそんなことを――？

マギー　（立っている――彼女の中には、えもしれぬ不安がうかんでくる）パーティで入っていくとき、腕をまわしてもくれなかったわね。まるで、そんじょそこらの奥さんのような気がしたわ！

クェンティン　あれは、ドナルドソンの話が途中だったから――

マギー　それがどうなの？　あたしは部屋へ入っていった！　雇っているのはこっちよ、あの人に雇われてるんじゃないわ！

ルイーズが奥に、淡い照明にてらされて現れる。彼女はコールド・クリームを顔につけている。

クェンティン　しかし、きみのテレビ・ショーのディレクターだよ。礼儀というものがある。

マギー　なにもあたしのこと、恥ずかしがることないわよ。リハーサルで彼に言って、くだらない洒落をやめさせる権利があたしにはあったのよ。それとも教養が違うってわけ？　みんなは、あたしが見たくって、お金払うのよ、ドナルドソンじゃないわ。なんなら、ラドウィグ・ライナーにきいてよ、あたしの値打ちを！

クェンティン　ぼくはきみと結婚したんだ、マギー。いまさらきみの価値を、ラドウィグに講釈してもらう必要はない。
マギー　（妙な、さめたような目で彼を見つめ）なぜ——なぜ、そんなに冷たいの？
クェンティン　別に冷たくはないさ。事情を説明しているだけだ。
マギー　じゃ、抱いて、説明なんかやめて。（彼は彼女を両腕に抱き、接吻する）そんなんじゃなく。もっときつく。
クェンティン　（もっと強く抱こうとする。それから、放して）散歩にいこうよ。さあ。
マギー　（沈みこんで）どうしたの？
クェンティン　別に。
マギー　クェンティン——もっとよく見て。ここにあたしがいるのよ。前のように——本気で見て。

マギーは暗い方へ去って行き、女中と会い、ネグリジェに着替える。

クェンティン　（ひとり）大好きだよ、マギー。ご免、二度とこんなことはないようにしよう。（ルイーズ退場）二度と！　きみには愛が必要なんだ、ぼくが考えたより。

わかった、それを見せてあげよう。そうすれば、世界じゅうがびっくりするよ。

バラ色の光がベッド一面にあたる。マギーがガウン姿で登場。

マギー　(正面を指さし) どう? 気に入った? 見て、これ?
クェンティン　きれいだよ! どうやって考えついたの?
マギー　全部しめればいいのよ。すると太陽がベッドをバラ色にそめる。
クェンティン　(努めて楽しそうに、ベッドの上で彼女を抱き) ほんとだ、すばらしい! ね? 喧嘩したって、不幸せとは限らないんだ! ああ、マギー、ぼくは愛というものを、知らなかったよ!
マギー　(彼に接吻して) 昼間、あなたがふと帰ってきたくなったとき、また一緒に寝るためよ。(彼女は弱々しく坐りなおして終る。ノスタルジックに) 去年のこと、おぼえてる? 冬の午後? あなたの髪にはまだ雪が残っていた。ねえ、それがあたしの全部なの、クェンティン。
クェンティン　あしたは午後、帰ってくる。
マギー　(半ばユーモラスに) そう決めなくったっていいわよ。

彼は笑うが、彼女はまた不思議そうに、刺すようなまなざしで彼を見つめる。

クェンティン　なんだい？　隠しごとはもうよそう。何が心配なんだい？

マギー　(頭をふり、見ながら) あたし、いい奥さんじゃないわ。仕事の邪魔ばかりして。

クェンティン　違うよ。あれは、きみが——(その出来事をやわらげようと努めながら)——あの違約金のことで、ぼくが放送局と本気でやり合わなかったようなことを言ったからさ。でも、二万ドルにさげさせたよ。出演しなけりゃ、十万ドル要求する権利が局にはあるんだ。

マギー　(怒りがこみあげてくる) じゃ、病気にもなれないの？　あたしは病気だったのよ！

クェンティン　わかっているよ、だけど、医者が宣誓供述書にサインしてくれなかった。

マギー　(彼に対して腹をたてて) おなかが痛かったのよ、立っていられないくらい！　信じてくれないのね！

クェンティン　マギー、ぼくは法律上のことを言っているだけだよ。

マギー　ラドウィグにやりかたを訊けばいい！　どなりこめばよかったのよ！　紳士ぶ

った話合いや宣誓供述書なんかやめて——何にも払わなくてもすんだのに！
クェンティン　マギー、きみには偉い精神分析医がついている、ラドウィグは実際面の先生だ、きみが会う他人はみんな答えを持っている。しかしぼくは、自分の時間の四十パーセントをきみの問題に使っているのだよ、嘘じゃない。
マギー　四十パーセントだなんて——
クェンティン　仕事の日誌がある、自分が何に時間を使ったか、わかるさ！

彼女は、深く傷つき、彼を見つめ、奥の秘書のところへ行く。秘書は目に見えない酒を持って出てきている。女中が黒のドレスを手にして加わり、マギーは着替えをする。

すまん、でも、あんな言いかたをされると、馬鹿にされたようで、つい……酒はよしなさい。
マギー　結婚しなけりゃよかった。男ってみんな、奥さんを憎むのね。別な弁護士を持ったほうがよさそう。
クェンティン　（舞台前方にひとり）きみに時間を使うのは嬉しいんだよ。ぼくの最大のよろこびは、きみの力になってあげられることなんだ！
マギー　（重役たちの一団が彼女をとりかこむと）あたしがラドウィグのところへ行ったのは、そうすりゃあなたが誇れる芸術家に自分もなれると思ったからよ！　あなたは、あたしを信じてくれた最初の人！
クェンティン　じゃ、何も言い争うことはない。ぼくらは同じものを求めているんだよ、ね？　（突然〈聞き手〉に）そう、力だ！　誰かを変え、救う！
マギー　（一団のなかから現れる。読書用眼鏡をかけている）その人、とてもいい弁護士なの、スターをたくさん扱っている。電話があったら、あたしの書類わたして。
クェンティン　（短い間のあとで、傷ついて）いいよ。
マギー　なにもあなたに逆らうつもりはないけど、あのオーケストラの女の子、チェロをひく――アンディは我慢強いけど、とうとう怒って、お払い箱にしちゃった。歌手が音をはずしたって、なにも笑うことはないわよ。
クェンティン　あの子は、咳が出たんだといっていたよ。
マギー　（怒り狂い）咳じゃない、笑ったのよ！
クェンティン　ねえ、マギー。
マギー　あの子がもし明日、楽団の中にいたら、このテープ、仕上がらないわよ！　あたしは自分のコンディションについて言う資格があるの、クェンティン——自分の権利のことで夫に頼むなんて、まっぴら。あの子をクビにしたいの！

重役たちは去る。

クェンティン　頼むもなにもないよ。これまでも三つの楽団で、それぞれ一人——三人クビにしたことがあるよ。

マギー　それがどうしたの？　あなたはあたしの夫よ。それぐらい、やるのが当りまえでしょ。違う？

クェンティン　しかし、人をクビにして喜んではいられないな。

マギー　でも、これが自分の娘だったとしても、怒るでしょう？　かばったりせず。

クェンティン　（その光景を思いうかべて）なるほど、そう。すまん。あすの朝、そうするよ。

マギー　（必死の温かさをこめて、彼といっしょになり、すわる）あたしの言いたいのはそれだけ。もしあたしが何かを望んだら、なぜだろうって、まず自分にきいてみてよ、なぜそうしたがるんだろうと。してはいけない理由ではなく……だから、あたし、ニコリともしないのよ、いつもたたかっているようで、あなたにわからせようと。あなたって、子供みたい。人がナイフを隠しているのがわからないのね。
クェンティン　人生はそんなに危険なものじゃないよ。夫がいるんだ、きみを愛している。
間。彼女はひどく怖れているようにみえる。
マギー　あなたのお母さんが、肥ったわねと言ったとき、確かにそうには違いないけど、あなたは何もしてくれなかった。
クェンティン　どうすればいいのさ？
マギー　張り倒してやるのよ、お母さんを！
秘書が見えない酒を持って登場、マギーはそれを取る。
クェンティン　おふくろは、頭にうかんだことをすぐ口に出すんだ――
マギー　あたしを侮辱したのよ！　やいているのよ！
クェンティン　マギー、おふくろはきみが好きだよ、ご自慢なんだ。

マギー　（いまは遠く離れている）じゃ、どう考えればいいのよ、あたしは気違い？　あたし！
（クェンティンは彼女に近づき、安心させようとする）気違いじゃないわよ、あた

クェンティン　（慎重に）思ってもみなかったよ、そんな……おふくろに話しておくよ。
マギー　二度と会いたくないわ。もしこの家へ来たら、あたし、出て行く！
クェンティン　謝るようにいうよ。

秘書は退場。

マギー　あしたは仕事、よすわ。（ぐったりとベッドに横になる）
クェンティン　いいだろう。
マギー　（半ば跳ね起きて）「いいだろう」もないものだ！　あたしが訴えられやしないかと、びくびくしてるくせに。なぜそう言わないの？
クェンティン　別に怖くはないさ。ただ、このショーのきみはすてきだから、残念――
マギー　（怒って起きあがり）気になるのはお金だけ！　くそったれ！
クェンティン　（怒りをおさえて、淡々とした声で）マギー、そんな言葉を使わんでも

らいたいな。

マギー　下品だといいたいんでしょ、トラックの運ちゃんみたいな口のききかたをして！　でも、生れが生れですからね。あたしは、ニグロやプエルト・リコ人やトラックの運転手の味方よ！

クェンティン　じゃ、なぜ人を簡単にクビにするのかね？

マギー　（眉をしかめ——あらためて彼を見る）あら、あたしが要らないってわけ。じゃ、ここで何をしてるの？

上の方に父とダンがあらわれる。

クェンティン　ぼくはここに住んでいる。きみもだ。だが、きみにはそれがまだ判っていない。いずれは判るだろう。ぼくは——

父　どこへ行こうというんだ？　あの子が必要なんだ！　おまえは何だ？

クェンティン　（父の方をむくことなく）ぼくはここにいる、あくまでも、それがぼくなのだ。いずれ判るだろう。さあ、おやすみ。十分ほどしたら帰る。散歩がしたいんだ。

彼は行きかける。彼女は探るような感じで、キッと立っている。

マギー　散歩って、どこへ？

クェンティン　ちょっとその辺さ。（彼女は彼を注意深く見る）誰もいやしないよ。ただの散歩だよ。

マギー　（非常に疑わしそうに）いいわ。

父とダンは退場。
彼は数歩あるいて立ちどまり、彼女が睡眠薬の錠剤が入っているビンを取り、ふたを回してはずそうとしているのを見ている。

クェンティン　（もどって来て）ウィスキーの上に薬はだめだよ。（薬に手をのばす。彼女はもぎとるが、彼がまた取りかえし、ポケットにいれる）この前のときもそうだったろう。もう二度といけないよ。絶対に。すぐ戻る。

マギー　（酔いでロレツがまわらなくなってきている）なぜ、そんなズボン、はくの？

（彼は彼女の方をむく。つぎに何がくるか、知っている）お尻のところが、きつすぎるわよ。

クェンティン　きつすぎても、散歩にはさしつかえないよ。

マギー　ホモがよくそんなのをはいてるわよね。おケツで張り合うから。

クェンティン　ぼくがホモだというのか？

マギー　（非常に酔っている）ホモの連中って、自分がホモだってこと知らなかったのが、結構いるのよね……あなたがどうかは、知りませんけどね。

クェンティン　そんなことでいい気になるなんて、愚劣だよ。

マギー　（ちょっとよろめいて）知ってることは、言わしてもらうわよ！

クェンティン　ぼくに放りだしてもらいたいのか？　そうか？　そうすれば生活がまた真物《ほんもの》にもどるというわけか？

マギー　（彼を指さし、冷静になろうと努めているのをからかうように）なによ、それ、強者は沈黙ってわけ？　どういうことよ？

彼女はよろけて、倒れる。彼は助け起そうともしない。

クェンティン　（彼女のそばに立ったまま見守り）じゃ、出て行くぜ、え？　そうすりゃ、自分ってものがわかるだろう、え？　（腹だたしげに彼女を起す）それでいいんだな？

彼から急に離れ、彼女はつんのめる。彼は彼女をつかみ、荒々しくベッドにおく。

マギー　狙いは何よ？　なぜ、さっさと出ていかないのよ。（また立ちあがる）あたしが婆さんになるまで待つつもり？　きょうタクシーの運ちゃんが、何て言ったか、知っている？　「五十ドルだすぜ……」だって。（あけっぴろげの、切ない泣き声が、激しく、やるせなく、どっと出てくる）タクシーの運ちゃんにとって、五十ドルがどんなものか、わかる？　（彼女の苦しみは彼にも伝わり、彼の怒りも静まる）いいわよ、行っても。あたしだって、まっすぐに歩けるんだから、ほら？　ね？　（両腕をひろげ、片方の足をもう一方の足の前にだしながら、歩く）さあ、それで？　踊りましょうか？　踊りたい？　（息をきらしながら、レコードをかけ、ヒップを振りたてながらダンスめいたステップで、彼の周囲をまわる）ねえ、どうして欲しいの？　何なの？
クェンティン　もう、やめてくれ。（彼女をつかまえ、ベッドに横にならせる）
マギー　お婆ちゃんになるまで、待つつもり？　それとも、なに？　何なのよ？　何よ？
　彼女は、あえぎながら、ベッドに横になっている。彼は彼女を見おろしながら、〈聞き手〉に話しかけ、彼女のかたわらに腰をおろす。
クェンティン　もし愛があるとすれば、それは無限でなければならない。単に人を愛するだけではなく、侮辱にも目をつぶり、肉体の痛みにも耐える愛、正義のようにわけへだてなく……
　フェリースが彼のうしろに現れる。彼は両手をあげている。父が登場、椅子にどすんと坐る。
母の声　（舞台かげで）ばか！　白痴！

十人ほどの男が二番目の台にあらわれる。わびしい白い光に照らされた地下鉄のプラットフォーム。新聞を読んでいる者もいる。彼らから離れて、ミッキーとルウが両側からあらわれ、たがいに近づく。

マギー　（ふらふらと、急いで去りながら）なぜ、さっさと行かないのよ？

クェンティン　（手をおろし、〈聞き手〉に叫ぶ）だが、誰の名前で逃げようというのだ？

ミッキー　いっしょに行こう、ルウ、名前を出そう！　ルウ！

ルウは、クェンティンを見つめながら、人々が電車を待っている地下鉄のプラットフォームにのぼる。

クェンティン　はっきり判った――誰の名前で逃げるつもりか！　前に見た、その名前を！

近づいてくる電車の音。ルウが身をひるがえす。耳をつんざくブレーキのきしる音。

ルウ　クェンティン！　クェンティン！

男たちはクェンティンを見る、それから〈線路〉を。男たちはうめく。クェンティンは両手で強く頭をかかえこむ。塔に照明……母が第一次世界大戦時の衣裳で帆船を手にしてあらわれ、前のように、〈バスルームのドア〉の方に体をかがめている。

クェンティン　誰の名前で？　誰の血塗られた名前で、愛した者の顔を見て言うのだ、「きみは欠点だらけの人間だ、勝手に死ぬがいい」と！　裏切りだ、これは。そしてその名前は……

母　（〈バスルームのドア〉にむかって）クェンティン？　クェンティン？

クェンティン　えっ？　（急いで母のところへ行くが、こわがっている）

母　ほら、アトランティック・シティから買ってきてあげたのよ！　海岸通りで！

男たちは地下鉄のプラットフォームから退場。打ち寄せて砕ける波の音で、クェンティンがくるっと体をまわす。母はいない。月の光が防波堤に昇る。

クェンティン　海のそば。あの小屋。あの晩。最後の夜。

部屋着姿のマギーが、ビンを手に、よろめきながら防波堤の端へ来て、波の音のなかに立つ。乱れた髪が顔にふりかかっている。彼女は防波堤の端から倒れ落ちそうになる。クェンティンが駆けより、両手で抱きとめる。マギーはくるっとまわり、二人は抱擁する。奥の方からジャズの音が静かに聞こえてくる。

マギー　あなたは愛された。あなたほど愛された男はいない。
クェンティン　（彼女をはなし）ぼくが電話したこと、キャリーから聞いた？　一日じゅう飛行機がとべなかったもので――
マギー　（酔ってはいるが、意識はある）いま、自殺しようとしたの。（彼は黙っている）信じられない？

クェンティン　（非常に冷静に、距離をおいて、しかし敵意はなく）二度も助けたのだ、信じられないもないもんだ。（彼女の方へ行き）この湿気は喉にわるい。帰ろう。
マギー　（反抗的に坐りこみ、足をぶらぶらさせる）どこへ行ってたの？
クェンティン　（奥の方へ行き、上着をぬぎかける）シカゴだ。話したよ。ハサウェイ家の遺産の件さ。
マギー　（せせら笑って）遺産ね？
クェンティン　まあ、世の中を救う前に、ぼくらの借金を少しでも払っておかなければね。（上着をぬいで、寝室のタンスの上におき、腰をおろして、靴をぬぐ）
マギー　（防波堤から）あたしの言ったこと、聞かなかった？
クェンティン　聞いたよ。そっちへは行かないよ、マギー、とてもしめっぽいから。
　　彼女は彼の方を見て、立ちあがり、ふらふらしながら、部屋へはいる。
マギー　きょう、リハーサルに行かなかった。
クェンティン　そんなことだろうと思った。
マギー　局へ電話して、もうあんなばかげたショー、やりたくないと言ってやった。あたしは芸術家よ！　あなたがどんな契約をしたにせよ、あんなばかげたショーはまっぴら！

クェンティン　とても疲れているんだ、マギー。居間で寝るよ。おやすみ。（立ちあがって、奥へ行きかける）

マギー　どうしたっていうの？

間。彼は出ていきかけて、彼女の方をむく。

クェンティン　もうクビになったんだ。

マギー　クビじゃないわ。

クェンティン　そっちは本気じゃないだろうが、こっちはそうなんだ。もう何も決められない、よほど腹をくってやり直さないかぎり。

マギー　あたしのせい？

短い間。彼は決心する。

クェンティン　ねえ、おたがいにどっちがいいの悪いのと言い合うのは、もう過ぎたことだ……きょうの午後、きみの医者と相談したよ。

マギー　（不安と疑惑で、からだを固くし）なんで？

クェンティン　きみは死にたがっている、マギー、ぼくにはもう防ぎようがない。だが、心に引っかかるのは、ぼくがきみの人生を弄んだことだ、いつかはこの果てしない悪夢から抜けだすだろうという馬鹿げた希望をもって。しかし、まだ一つだけ望みがある――それはきみが、自分のしていることを見つめなおすことだ。

マギー　あたしをどこかへ入れようというのね。そうでしょう？

クェンティン　医者が今夜、飛行機でここに来てくれる。話し合って決めるがいい。

マギー　あたしをどこかへ入れたりしないわね。（睡眠薬の錠剤のビンをあける）

クェンティン　きみには監督が必要なんだ、マギー。（彼女は薬を飲みくだす）今のうちに、よく聞いてもらいたい。今夜もそれを続けるようなら、救急車をよぶよ。もう、ぼく一人の手にはおえない。新聞からも守れない。入院ということになれば、大見出しだ。（彼女は飲もうと、ウィスキーのビンをとる）自分の行動が大変な結果を招くのだよ、マギー。（彼女はウィスキーを飲む）よかろう。徴候がみえたら、すぐ救急車を呼ぶよう、キャリーにいっておくよ。ホテルに行って寝る。（上着を

とる)

マギー　ホテルになんか、行かないで！

クェンティン　じゃ、それをしまって、眠りなさい。

マギー　(彼が行くのをおそれて、自分のもつれた髪をなでつけながら)いてね……五分間？

クェンティン　いいよ。(もどってくる)

マギー　なんなら、このビン、持ってて。もう飲まないわ。(錠剤のビンをベッドの彼の前におく)

クェンティン　(それを取りたい気持をおさえて)ビンはいらない。

マギー　おぼえている、寝つくまで、よく話をしてくれたわね？

クェンティン　何日も、何週間も、暗くした部屋で、きみのそばにずっと坐っていたな。事務所の連中が探しまわったっけ——

マギー　で、もうやりきれなくなったのね。

クェンティン　(短い間のあとで)そう、そのとおり。

マギー　で、嘘をついたってわけ？

クェンティン　そう、嘘をいった。毎日。ぼくたちはみんな別な人間なのだ。そうなるまいとしたが、やはり、一人は——別な人間だ。ぼくだって生きのびなければならない。

マギー　で、あたしをどこへ入れるの？

クェンティン　（怒鳴るまいとして）医者と話せばいい。

マギー　でも、もしあたしを愛しているなら……

クェンティン　どうしたら、わかってくれる、マギー？　ぼくが誰か、知っているのかい？　名前は別として？　ぼくはこの世で一番悪い人間なんだぜ？　裏切ったり、希望を打ちくだいたり、恐ろしい復讐をくわだてたりする？　（彼女は薬を手にあける。彼は立ちあがる。恐怖が彼の声に感じられる）自殺は二人の人間を殺す、マギー、そういうことになるんだよ！　だから、ぼくは離れる。そうすれば、当てがはずれるだろうから。

彼は断固出ていく。彼女はベッドで横になる。彼女の息づかいが急に深くなる。彼はキャリーの方へ行く。彼女は薄暗がりに坐り、お祈りをしている。

キャリー！

マギー　クェンティン、ラザラス（訳註18）って何？

彼は立ちどまる。彼女は、彼が出ていったことを知らずに、あたりを見まわし、彼の姿をさがす。

クェンティン？

彼がいないので、ベッドから跳ね起きる。ある驚きと不安……

クェン？

彼は中途までもどってくる。

クェンティン　イエス・キリストが死からよみがえらせた男だよ。聖書の話だ。さあ、おやすみ。

マギー　どんな意味があるの？

クェンティン　信仰の力さ。
マギー　信仰をもたない人はどうなの？
クェンティン　意志をもつだけだ。
マギー　どうやって意志をもつの？
クェンティン　きみには信仰がある。
マギー　ばかばかしい。（うしろにもたれる。間）もっと欲しいな、シュークリームが。それに誕生日のドレス？　いい子だったら？　ママ？　ママが欲しい！（起き直り、夢の中でのように、あたりを見まわし、彼を見る）どうしてそんなところに立ってるの？（まぶしそうに目を細めながらベッドから出て、彼のところへ行き、顔をじっと見る。彼女の表情が生き生きとしてくる）音楽――どう？
クェンティン　いいから横になりたまえ。ぼくがかけるから。
マギー　いえ、だめ、坐って。靴もぬいで。楽にしてよ。何にもしないでいいの。（よろよろとプレイヤーのところへ行き、ジャズをかける。彼女は歌おうとするが、ふと完全に目がさめる）眠ってたの、あたし？
クェンティン　ちょっとね。
マギー　（びっくりして彼の方へ行き）だ――だ――誰かいた、ほかに？

クェンティン　いや。ぼくだけだ。
マギー　煙は？　（叫び声と共に、彼にしがみつく。彼はしっかり抱きとめる）
クェンティン　きみのお母さんは死んだんだよ、もう何にもしないよ、怖がることはない。
マギー　（ベッドにもどりながら、子供みたいな頼りなげな声で）どこへあたしを入れるの？
クェンティン　（胸の中は泣きたい気持である）どこにも――医者が決めてくれるよ。
マギー　そう？　横になるわ。（横になる）そう？　（奇妙な、深い息をつく）欲しいなら、眠り薬あげるわ。
クェンティン　（立っている。そして、ためらったのち、行きかける）キャリーを呼んで、それ持っていってもらおう。
マギー　（ベッドからすべり出て、薬のビンを彼にさしだし）いや。キャリーには渡さない。あなたにだけ。持ってて。
クェンティン　なぜぼくに持たせたいんだい？
マギー　（さしだし）さあ。
クェンティン　（間のあとで）わかるかい、マギー？　いま？　きみはぼくに、こんなことをさせようとしているのだよ？　ぼくが薬をとる、やがてまた取り合いの喧嘩になる、ぼくはあきらめる、するときみは、ぼくから死を受けとったことになる。きみのなかの何かが、ぼくを殺人に一役買わせようとしているんだ。わかる？（あとずさりする）だが、もうぼくは行く。だから、きみはもうぼくの犠牲者ではないんだ。あとはきみだけだ、それに、その手。

マギー　でも、イエスは愛したはずよ。

クェンティン　誰を？

マギー　ラザラス？

間。彼は見ている。そして自分の幻想のなかへ入っていく。

クェンティン　そのとおり、そう！　彼は……彼女を愛し、死からよみがえらせた。しかし、彼は神だ……そして神の力は、無限の愛だ。人間がそんなものを求めても……ただ力を求めるだけに終る。無限の愛の嘘で他人を救おうなどとすれば、神の顔に影を投げかけることになる。神は起った事実であり、神は神にほかならない。他人と彼女の真実のあいだに誰が立とうと、それは恋人ではない、それは……（言葉がきれる。呆然と凝視し、手がかりをもとめてマギーの方をふりむく）すると彼女は言った。（マギーのところへもどり、彼女に呼びかけるように、叫ぶ）すると彼女は言った！

マギー　まだ聞こえるわ、あなたが。中のほうで。クェンティン？　あたしの恋人？聞こえる！　何が起ったか、話して！

クェンティン　（急に涙があふれ出る）マギー、ぼくらは……おたがいに利用し合ったんだ！

マギー　違う、あたしは違う！

クェンティン　そうだよ、きみも。ぼくも。「生きよう」と、二人で叫んだ、「今」と叫んだ。そしておたがいの純粋さを愛した、まるで、そこにないものを愛せば、あるものをおおい隠せるかのように。だが、天使がいて、昼も夜も、ぼくらがなくしたいと思っているものを、持ち帰ってくる。だから、天使を愛さなければならない、天使はこの世で真実を保っているのだから。きみは、自分を見まいとしてその薬をのむが、もし「あたしは残酷でした」と言うことさえできれば、この恐ろしい部屋も開かれよう。きみが言ってさえくれれば――「あたしは酷い目にあわされてきたが、あたしも他人に許せないような悪いことをしたのです。みんなの前で夫をバカ呼ばわりしたり、気前がいいくせに利己的だったり……多くの男たちから傷つけられはしたが、わたしもその加害者に協力してきたのです――」と。
マギー　（怒りでわなわな震えている）こん畜生！
クェンティン　「そして、わたしは憎悪のかたまりです。わたしマギー、すべての生命のやさしい恋人は――実は世界を憎んでいます！」と。
マギー　出ていけ！
クェンティン　女を憎め、男を憎め、永遠の無限の愛を宣言しながらぼくの足もとにひれ伏さぬ連中をみんな憎むがいい！　眠り薬なんかでは罪から逃れられない。薬なんか海に捨てろ、死も海へ捨てるんだ、それにその無邪気さも！　いちばん困難なことをやるのだ、自分自身の憎しみを見つめて、生きるのだ！
マギー　あんたの憎しみはどうなの？　あたしが死のうとしたときのこと、知っているわね。あなたが書いたものを読んだときのこと。結婚して二カ月後だったわ。
クェンティン　はっきりさせよう――きみは、ぼくと逢うずっと以前にも、死のうとしたと言ったね。
マギー　だから、関係ない、あたしに逢ってもいなかったからというの？　卑怯者！あなたの憎しみはどうなの！　（前方に動く）あたしは王様と結婚したつもりだったのに、こん畜生！　あたしはサインするため、万年筆をさがしていた。すると、彼の机があったのです――（彼女は見えない法の権威に対しているかのように、自分が受けた傷について語る）――それに空《から》の椅子が――彼が坐り、いかにして人々を救うべきかを考える椅子が。彼の書いたものが目につきました。それには――（まったくそのまま空《そら》で読んでいる感じだが、初めて読んだときと同じ驚きがある）――「ぼくがこれからも愛してゆけそうなのは娘だけだ。あとは、誇り高き死を願うのみ」。（こんどは彼の方をむく）いつ、そういうことになるの、判事くん？　あたしが気を失って倒れたのを、おぼえておいで？　新しい絨緞の上に？　あれであたしは殺されたのよ。わかる？　（よろけながら彼のところへ行き、その顔を見すえ）そうだよね！

クェンティン　（間のあとで）よろしい。まず薬をビンにもどしなさい、その上で本当のことを言おう。

マギー　あなたが本当のことなんか、話すものですか。

彼は、彼女の両方の手くびをにぎり、その片方をビンの方へもっていこうとする。

クェンティン　（やっとのことで）言うよ。まず薬をもどしなさい。そうすれば話す。

　彼女は、彼にされるがままに、薬をビンにもどす。だが、ビンを両手で持ちながら、ベッドに坐る。

マギー　（深い息をついてから）嘘つき。

クェンティン　（自責からくる緊張のうちに）家で初めてパーティをやったときのことだ。有名人や放送局の首脳やディレクターたちが――

マギー　それで、あたしのことが恥ずかしかった。嘘いわないで！　まだ神様きどり！　それで殺されたのよ、あたしは、クェンティン！

クェンティン　よかろう。別に……恥じてはいなかった。だが……怖かった。（間）このなかの誰かが……きみと関係したのではないかと。

マギー　（びっくりして）だって、知った人なんか、いなかったわ！

クェンティン　（彼女を見ないで）誓ってもいい、もう恥ずかしいなんていう気持は全くなくなっていた。だが、おそすぎた。それで、あれを書いた。きみを裏切った他の連中と同じだ、もう二度と信頼してはもらえまい。

マギー　（非難と、過ぎし生活への嘆きがいりまじり、泣きながら）なぜ、あんなこと、書いたの？

クェンティン　客が帰ると、きみはいきなりぼくに、冷たいとか、よそよそしいとか言いだした。きみのあんな目、初めて見たな――裏切られて、あたしなんかいなくても同じじね、と叫んでいるようだった――

マギー　ルイーズと一緒にしないでよ！

クェンティン　それなんだ。ぼくは二人の女から、まったく同じ非難をうけた――もう、どうしようもない。ぼくは考えられる最悪の事態と対決したくなった――ぼくには、人を愛することはできないのだと。それで、あれを書いた、地獄からの手紙として。

　彼女は手を口へもってゆく。彼は前へ出て、その手くびをつかむ。

最低さ。ほかに何が知りたい？

　彼女は彼を見つめる。その目からは何も読みとれない。

マギー、ぼくらは多くの過失《あやまち》をもって生れたのだ。人間は自分を許さなければ！
二人とも、罪がないとはいえないよ。ほかに何か？

ふしぎな静けさが彼女をとらえる。彼女はベッドでうしろにもたれる。敵意はなくなったようだ。

マギー　あたしを愛して。言うとおりにして。喧嘩はやめよ。（彼は、苦悩しながら、ベッドのそばを行ったり来たりする）あの砂丘をとりこわして頂戴。そんなにお金はかからないわ。二人で抱き合いながら、海の音がききたいの。これまで聞いたことがないんですもの。

クェンティン　もう破産同然なんだよ。あの砂丘のおかげで、屋根が吹きとばされないんだ。

マギー　屋根ぐらい、新しく買えばいい。寒いわ。一緒に寝て。

クェンティン　だめだよ、きみがそんなでは。

マギー　あたしが眠るまで！

クェンティン　（叫ぶ）マギー、それはごまかしだよ。いけない。

マギー　人間らしさからだけよ！　寒いのよ！

自己嫌悪の気持をおさえ、彼は彼女の上に横になる。だが、顔はそむけている。間。

もう言い合いをしないというんなら、またあたしの弁護士にしてあげる。いい？　議論はだめよ？　ラドウィグはあたしの言うままよ。（彼は無言）破産だなんて、言いっこなし？　それに、あの砂丘よ？　（苦悩の色が彼の顔にあらわれてくる。）もはや、もうこれまでである）だって、海の音、好きなのよ、大きなお母さんみたいで――シュウ、シュウ、シュウ。（彼は起きあがって離れ、彼女を見おろしながら立つ。彼女は目をとじている）いい子になってね？　（彼女は非常に深い息をする）

彼はそっと近づき、ビンを取ろうとする。彼女はそれをにぎる。

クェンティン　きみが欲しいのは、もう、ぼくの愛ではない。ぼくの破滅だ！　だが、ぼくを殺したりはしないね、マギー。その薬をくれ。争いたくはないんだ、マギー。

さあ、この手に渡すんだ。

彼女は彼を見つめる。それから、手の中の薬を飲もうとする。彼はそのうちの少しははたき落とすが、彼女が飲んだのはかなりの量である。彼はビンをつかむが、彼女は放さず、彼はぐいと引っぱる。彼女は力いっぱい抵抗し、彼は彼女を床に引きずりだし、彼女の手をひろげさせようとする。彼女は彼をぴしゃぴしゃ叩き、顔をなぐる——彼女の力はすさまじく、別人のようだ。彼は彼女の手くびをつかみ、両方のこぶしで締めつける。

放せ、それを、こいつ！　ぼくを殺す気か！

彼女は薬を放さない。すると彼は突如、はっきりと、彼女の喉につかみかかり、首を手で絞めあげる。

ぼくを殺す気か！　殺す気か、ぼくを！

彼女はビンをおとす。遠くの方から母が〈バスルームのドア〉のところまで、駆けてくる――手には玩具の帆船。

母　ねえ、おあけ、このドアを！　だましたわけじゃないのよ！

クェンティンがマギーから飛びのく。彼女は床に倒れる。彼は両手をひらき、上げている。

母は、間をおかず、続ける。

クェンティン、なぜ水を出しっぱなしにするの！　（彼女は怖くなり、〈ドア〉からあとずさりする）そんなことをすると、ママは死んじまうわよ！　ママは見たんだよ、お前が生れるとき、星を――光り輝く星を、この世の光を！

彼は呆然と立ちつくす。母は彼の手のところまで、さがってくる。手がみずからの意志で、彼女の首を絞めはじめる。母は床にくずおれ、あえいでいる。彼は恐怖にかられて、うしろにさがる。

クェンティン　殺したのか？

マギーは膝と手をつき、あえいでいる。彼は、はっと我に返り、彼女のところへ駆けより、助けおこそうとする。彼女は彼をぴしゃぴしゃ叩く。そして片肘をつき、お笑いもいいところだというような表情で、彼を見あげる。彼女の目は勝ち誇り、恐怖でぎらぎらしている。

マギー　これでわかったわね、二人とも。あなたはあたしを殺そうとしたのよ。これまでもいろんな人に殺されかかったけど、なかにはろくに字も書けないのもいたけど、みんな同じ。あなたはその長い、長い列の最後の一人よ、フランク。

その非難を避けるかのように、彼はふたたび彼女を助けおこそうとする。彼女は、絶対的な恐怖にかられ、床を飛びのく。

近寄らないで……いや。いやよ——フランク。やめて。（獲物をねらう野生の獣と向いあっているように、警戒して）やめてよ……さもないと、クェンティンを呼ぶわよ。（彼女は目をちょっとはずし、静かに呼ぶが、彼を視野からはずすことはない）クェンティン！　クェン——

彼女は床にくずれて、眠りにおちる。深い、奇妙な息づかい。彼は急いで近寄り、仰向けにして、人工呼吸をしようとする。だが、始めかけて、立ち、奥にむかって呼ぶ。

クェンティン　キャリー？　キャリー！（キャリー登場。これが最後の別れとでもいうかのように）すぐ呼べ、救急車を！　大急ぎで！　呼ぶんだ、救急車を！

キャリーは去る。彼はマギーを見おろし、〈聞き手〉に語りかける。

いやいや、助かったんだ。間に合って。医者は言っている、幸せな数カ月だったと。なおるのではないかと、一時は思ったそうだが——まあ、その医者も彼女に恋をしてしまったからね。（かすかに微笑するが、すぐ消える。造船所のドックの方へ行く）これは言っておこう。これだけは。睡眠薬は窒息によって死ぬ。そのきざしは、溜息をつくような呼吸だ――横隔膜の麻痺による。ぼくはずっと、あのドックの上に立っていた。（見あげる）静かに、幸せそうに輝く無数の星！　だが、彼女の貴重な一秒一秒は、ぼくの手の中で、虫のように、生きて身もだえしていた。ぼくは聞いた、あの深い、不自然な息づかいを――ぼくに平和がもどってくる足音のように――そう……ぼくはそれが欲しかった。どうすればそれが可能か？　ぼくはあの女を愛した！

ルウ、ミッキー、父、ダン、キャリー、フェリースが登場、それぞれ適当に位置をしめる。

それに名前だ――そう、名前！　誰の名前で、逃げようというのか――（観客を見つめる）――自分自身の名前以外に？　クェンティンの名だ。いつも自分の血まみれの名において逃げるのだ！

ホルガが一番高い段にあらわれる。

ホルガ　ここで殺されなかった者はみんな、もう無実にはなりえないのよ！

クェンティン　しかし愛は？　愛だけで十分なのか？　どんな愛が、どんな憐れみの情が教えるのだ——ぼくにも人が殺せると？……そう、知っている、知っている——彼女はそういう運命にあったのだ、だが、それが救いになるのか？　それとも、可能なのか——（塔の方をむき、おそろしい神にむかって行くように、塔に近づく）これが異様でないということが……誰にとっても？　ぼくだけではない、ここでみんなと犠牲になるよりも、自分一人でも生き残りたいと願わない者は、いないはずだ！　何が救いになるのか？　このしゃれこうべの山の上で、誰がまた無実になりえよう？　ぼくは、知っていることを話す！　ぼくの兄弟たちがここで死んだ——（目を、塔から、倒れているマギーにむける）——だが、これを建てたのもぼくの兄弟たちだ。ぼくらの心がこの石を切っているのだ！　何が救いとなるのだ？……いや、愛ではない。ぼくは、彼らみんなを愛した、みんなを！　だが、自分が生きんがために、あえてその失敗や死に目をつぶった。いや、みんなだってお互いに、同じことをやっているのだ、言葉で、表情で、策略で、真実で、嘘で——しかも、すべて愛の名において。

ホルガ　ハロー！

クェンティン　何が彼女を守るのだろう？　（彼女にむかって叫ぶ）あの女には希望がある！

ホルガは落ちつきはらい、決然と立っている——彼の苦痛と自分自身のそれに気づきながら。

あるいは、それで——（はっとして、〈聞き手〉に）——希望がもてるのかもしれない——知っているから？　燃える町が彼女に教え、愛の死がぼくに教えたものを——人間とは危ないものだということを！　（目をこらし、じっと自分の幻想を見つめる）だから、ぼくは毎朝、目をさますんだ、少年のように——今も、今でも！　たしかに、ぼくは世界をまた愛せそうだ！　知っているのはそれだけか？　知っている、むしろ喜んで、われわれの出会いには祝福がないことを——蠟細工の果物やペンキの木で出来た楽園、嘘のエデンの園ではなく、そのあとに、転落の後に、多くの、多くの死のあとでめぐり会えるのだということを。それだけか、知っているのは？　それに、人を殺したいという願望は決して消えないことを。しかし、勇気があるれば、それがあらわれても、その顔をのぞくことができる。愛の心があれば——白痴の子供に対するように——許すこともできる、くり返し、くり返し……永遠に？

〈聞き手〉が何か言ったようだ。

いや、確信があるわけではない、そうではないが……怖がらずに、やっていけそうだ。おそらく、それだけだろう、道は。それを彼女に話そう……そう、きっとわかってくれるだろう、ぼくのいうことを。

クェンティンは奥の方をむく。そして、ためらう。みんなが彼の方を見ているのだ。彼はルイーズの方へ行き、立ちどまる。しかし彼女は顔をそむける。つづいて母のそばで立ちどまるが、彼女は理解できない悲しみのなかで立つ。彼は彼女にさわるような身振りをする。母は彼を見あげ、やっとほほえむ。彼もほほえみ返す。さらに、失意の父とダンのところで足をとめ、軽い身振りで、魔法にでもかけたように、二人を立たす。フェリースは、祝福するように、手をあげかける——彼はその手をとって握手し、彼女の盲目的崇拝をやめさせる。ミッキーとルウのところは通りすぎ、マギーのところに戻ってくる。彼女は床から起きあがるが、まだ自分の悪霊にとりつかれていて、日をさまそうと努めている。最後に、あとの人生をかけて、ホルガの方へ昇っていく。彼女は、やっと彼を見つけたかのごとく、手をあげ、大いなる愛をこめて……

ホルガ　ハロー！

彼は彼女から数歩はなれたところで立ちどまり、それから、手をさしのべながら、歩いていく。

クェンティン　ハロー。

彼が彼女と去って行くとき、他のすべての人たちから、ささやき声が聞こえてくる。彼らは、彼のあとに続いており、いつまでも生きているのである。闇が全員をおおう。

訳註

1　オーストリア中部のドイツ国境に近い都市。モーツァルトの生地で、現在は毎年春と夏に音楽祭が開かれる。

2　フリーメイソンを題材にしたモーツァルトの晩年のオペラ。一七九一年初演。

3　ヨハン・シュトラウス（一八二五〜一八九九）。オーストリアの作曲家。「美しく青きドナウ」その他多くの作品があり、ワルツ王と呼ばれた。

4　第二次世界大戦後の政治状勢の変化で、一九五〇年代のアメリカでは反共主義や反ユダヤ主義が台頭し、ナチ時代の抵抗者などの入国がきびしく調べられた時期がある。

5　オーストリアの都市。ウィーンの西方にあり、ドナウ川にのぞむ。

6　一九一九年以来ヘビー・ウェイト級の王座をしめていたジャック・デンプシーを、ジーン・タニーが一九二六年九月二十三日に判定でやぶった。ときにタニーは二十八歳、デンプシーは三十一歳。

7　ロンドンの南西にあるイギリスの海港。商業・交通の要地。

8　セルゲイ・ワシーリエヴィチ・ラフマニノフ（一八七三〜一九四三）。ロシヤのピアニスト、作曲家。革命後はアメリカに永住。四つのピアノ協奏曲などが有名。

9　架空の歌手の名。おそらく人気歌手ペリー・コモと有名なラジオ、テレビの司会者エド・サリヴァンの合成だろう。

10　世界最大の国際空港として一九四八年七月に開港されたが、現在はケネディ空港と呼ばれている。

11　ニュー・ジャージイ州にある避暑地。

12　ロンドンのウェスト・エンドにある劇場。座席数二千三百余。

13　ミュージカル「ジャンボ」（一九三五）のなかのヒット曲。作詞ロレンツ・ハート、作曲リチャード・ロジャーズ。一九六二年に映画化され、ドリス・デイがこの歌をうたった。

14　ニューヨークのナイトクラブ。

15　コネティカット州にある港。潜水艦の基地で、造船所もある。

16　アメリカの画家C・D・ギブソン（一八六七〜一九四四）が描くところのヴィクトリア朝的美人で、十九世紀末から二十世紀初めのファッションに大きな影響をあたえた。

17　ニュー・ジャージイ州の都市、海水浴場。

18　ベタニヤのラザロ。マリヤとマルタの弟で、イエスの友人。病死後四日目にイエスの奇跡によって死からよみがえった。（新約聖書「ヨハネの福音書」11章1〜44）

ヴィシーでの出来事

登場人物

ルボー（画家）
バヤール（電気技師）
マルシャン（実業家）
警察の看守
モンソー（俳優）
ジプシー
給仕人
少年
少佐
刑事一
老ユダヤ人
刑事二
ルデュック（医師）
警察署長

フォン・ベルク（公爵）
ホフマン教授
フェラン（カフェの主人）
留置人四名

フランス、ヴィシー(訳註1)、一九四二年。

留置場。

右手は廊下で、角を曲った奥は、街路に面した見えない玄関口につづいている。正面奥の壁には二つの汚れた窓ガラスがある——おそらく事務室なのだろう。とにかく左手のドアをあけると、そこは一般に立入りが許されない私室になっている。

部屋の前には長いベンチが一つ、がらんとした空間に置かれている。ここは、以前は何に使われていたかはっきりしないが、倉庫、おそらくは兵器庫だったようにも見えるし、あるいは一般人が使わない鉄道の駅の一部かもしれない。

照明が入りはじめると、六人の男と十五歳の少年が、それぞれの人柄や役割を表すような姿勢で、ベンチに坐っている。演奏を始める直前の小さなオーケストラのメンバーのように、じっと動かない。照明が普通の明るさになると、彼らの凝然とした姿勢がとける。

別に知り合いではなく、一緒に公共の場に放りこまれたから坐っているというだけで、たがいに好奇心はあるが、まずは自分のことが気になるらしい。しかし、彼らは不安で、びくびくしており、なるべく小さく目立たぬようにしている。

ただ一人、かなり立派な服装をした実業家ふうのマルシャンだけは、ポケットから時計や紙片や名刺をとりだして、しきりと目をやり、傍目にもいらいらしているのがわかる。

やがて、空腹と大きな不安から、ルボー、あごひげをはやし、むさくるしい風貌の二十五歳の男が、大きな芝居がかった溜息をつき、前かがみになって頭をかかえる。ほかの者は彼に目をやり、そしてそらす。彼はぎりぎりまで恐怖に追いつめられており、それがかえって攻撃的な感じをあたえる。

ルボー　コーヒーが一杯ありゃなあ。一口でもいい。

誰も答えない。彼は隣りのバヤールの方をむく。バヤールは同年で、質素だがさっぱりした服装をしており、きびしい生活に耐えてきたたくましさがうかがえる。ルボーは声をひそめて話す。

一体どういうことなんだろうね？

バヤール　（首をふり）町を歩いていただけなんだ、おれは。

ルボー　おれだって。なんとなく虫が知らせたんだ――きょうは外へ出るなって。だが出た。何週間もドアをあけなかったのに、きょうに限って出る。理由もなく、行くあてもなかったのに。（左右の他の連中を見やる。バヤールに）みんなそんなふうにして捕まったのか？

バヤール　（肩をすくめ）おれもたった今来たところだ、きみが連れてこられるちょっと前に。

ルボー　（他の人たちの方を見て）誰も何も知らないのか？

一同は肩をすくめ、首をふる。ルボーは壁を見つめ、部屋を見回す。それからバヤールに話しかける。

ここは警察じゃないやね？

バヤール　そうは見えんな。まあ、事務所として、建物を使っているだけなんだろう。

ルボー　（あたりを不安そうに、好奇心をもって見回し）だが、これはどうも警察の色だな。国際的な警察の色ってやつがあるにちがいない。どこも同じだ。死んだハマグリみたいで、少し黄味をおびている。

間。彼は黙っている他の男たちを見やる。そして自分も同じく黙っていようとする。しかし出来ない。そして神経質な微笑をうかべ、バヤールに話しかける。

こんなことなら、悪事の一つもはたらきゃよかったたな。何か、はっきりした。

バヤール　（おもしろがりはしないが、突き放しているわけでもない）落着くことだ。くよくよしても始まらん。いずれわかるよ。

ルボー　きのうの午後の三時から何も食ってない。腹がへると、何もかもがやけに神経にこたえる——そんなこと、ないか？

バヤール　何かあげられたらいいんだが、けさ弁当を忘れてね。実は、取りにもどろうとしたところに、奴らがすっと寄ってきたんだ。うしろへよりかかって、楽にしたらどうだい？

ルボー　いらいらするんだ……とにかくいらいらしているんだ。（かすかな、おびえたような笑い声をたて）戦争の前からいらいらしてたんだ。

彼のかすかな微笑はきえる。坐ったまま向きを変える。他の人たちは不安を抑えて待っている。彼は、列の先頭の、ドアの一番近くにいるマルシャンの上等な服と、落着いた態度に気づく。彼はマルシャンの注意をひこうと、前にのりだす。

失礼。

マルシャンは彼の方をむかない。ルボーは、短いが鋭い、低い口笛をふく。
マルシャンは腹だたしげに、ゆっくりと彼の方をむく。
あんたが捕まったのも、そうかな？　町を歩いていて？
マルシャンは答えずに、また正面をむく。
ねえ？
マルシャンはやはり彼の方をむこうとしない。
返事ぐらいしたってよかろうに。
マルシャン　よくある身許確認の調査であることは明らかだね。
ルボー　ほう。
マルシャン　この一年間ヴィシーには多くの他所者《よそ》が流れこんできて、スパイやら何やらもずいぶんいることだろうて。だから、身分証明書の照合をするというだけさ。
ルボー　(バヤールの方をむき、希望をもって)そう思うかい？
バヤール　(肩をすくめる。明らかにそれ以上の何かがあると感じているらしい)わからん。
マルシャン　(バヤールに)なぜかね？　偽の証明書を持った連中が何千人もうろついているんだ。戦時下でそんなことは許されん。

他の人たちは不安そうにマルシャンを見る。彼だけが平然と落着きはらっている。

特にドイツ軍がいよいよここを接収するとなると、事態はますます厳しいものとならざるをえない。避けがたいことだ。

間。ルボーはふたたび彼の方をむく。

ルボー　何か、かぎとりませんか……特別の臭いを？

マルシャン　臭い？
ルボー　つまり、その……人種……がらみとか？
マルシャン　証明書さえちゃんとしていれば、別に心配ないさ。（会話を打ちきり、正面をむく）

　ふたたび沈黙。しかしルボーは自分の不安をおさえられない。彼はバヤールの横顔をしげしげ眺め、それから反対側にいる男のも見る。それからバヤールにむきなおり、静かにいう。

ルボー　ねえ、きみは……ユダヤ人かね？
バヤール　なんだってそんなことを訊くんだ、ここで？（正面をむく）
ルボー　どうすりゃいいんだ、おとなしくここに坐っていろというのか？
バヤール　（落着かせるように手をルボーの膝におき）きみ、そんなにヒステリックになっても、どうにもならんよ。
ルボー　もうだめだ。ヴィシーのユダヤ人はみんな、もうおしまいだな。（叫びたくなるのを抑えて）一九三九年にぼくはアメリカのヴィザをとった。戦争が始まる前に。

　ちゃんと手にいれて……

バヤール　落着くんだ——形式的な調べさ、きっと。

　短い間。それから……

ルボー　ねえ……

　彼は身をかがめて、バヤールの耳にささやく。バヤールはちらっとマルシャンの方に目をやり、それからルボーにむかって肩をすぼめる。

バヤール　さあね。多分、そうではあるまい。

ルボー　(必死になって親しみを通じさせようと)きみはどうなんだ？

バヤール　くだらん質問はやめ給え。きみ自身がばかに見えるだけだ。

ルボー　だけど、ばかなんだよ、ぼくは。一九三九年に一家でアメリカに渡ることになっていたんだ。ところが急におふくろが、家具をおいていくのがいやだと言いだした。ぼくがここにいるのは、真鍮のベッドやがらくたの陶磁器類のせいだ。無知で強情な女さ。

バヤール　うん、しかし事はそう簡単じゃない。なぜこんなことが起るか、考えるようにしなければ。そうすれば、人の苦しみの意味がわかるようになるよ。

ルボー　どんな意味だ？　もしおふくろさえ——

バヤール　お母さんのことじゃない。独占資本がドイツを支配した。大企業は人間を奴隷にしようとする。だから、きみはここにいるんだ。

ルボー　ふむ、ぼくは哲学者じゃない、だけどおふくろのことは判っている、だからここにいるのだ。きみはぼくの絵を見る連中にそっくりだな——「これはどういう意味、あれはどういう意味？」。絵は見ればいいんだ、意味なんか訊くな。神様じゃないんだ、意味なんかわかるか。町を歩いていると、車が寄ってきて、男が飛びだし、ぼくの鼻や、耳や口をはかった。おつぎは、警察だか——どこか知らんが、ここに坐っている次第さ、ヨーロッパのまんなか、文明の最高の頂上で！　これがどういう意味か、わかるかい？　ローマ人やギリシャ人やルネサンスのあとでよ、どういうことなんだい？

バヤール　言うことが支離滅裂だな。

ルボー　（怖くなって）そりゃ、ぼく自身が支離滅裂だからさ！　（急にとびあがって叫ぶ）畜生、コーヒーをくれ！

警察の看守が腰に拳銃をつけて、廊下の奥に姿をあらわし、ぶらぶらやって来て、廊下を奥へ行きかけていたルボーと途中で出会う。ルボーは立ちどまり、引き返し、もとのベンチの所へもどり、腰をおろす。看守がきびすを返して廊下を奥へ行きかけたとき、マルシャンが手をあげる。

マルシャン　ちょっと、お巡りさん、使える電話、ありますかな？　十一時に人と会う約束があるんだが、もうかれこれ……

看守は、これを無視して廊下を歩いて行き、角を曲って、消える。ルボーはマルシャンの方を見て、首をふり、声をたてずに笑っている。

ルボー　（バヤールに、小声で）すてきじゃないか？　あの男はきっとドイツの炭坑に仕事に行く途中だぜ、それで約束を破りやしないか気が気じゃないんだ。人間てやつはリアリスティックな絵を欲しがる、わかるか、おれのいう意味？　（短い間）

鼻をはかられたか？　それぐらい言ってもいいだろう？

バヤール　いや、ただ呼びとめて、証明書を見せろというんだ。見せたら、ここに連れてこられた。

モンソー　（前かがみになり、マルシャンに話しかける）わたしはあなたの説に賛成ですね。

マルシャンは彼の方をむく。モンソーは目元の涼しい、二十八歳の陽気な青年。服はしゃれているが、今はすりきれている。彼はグレイのフェルトの帽子を膝におき、ちょっと粋な恰好で坐っている。

ヴィシーには、偽の証明書があふれているに違いない。始まりゃ、すぐすみますよ。

（ルボーに）落着くことです。

ルボー　（モンソーに）その鼻をはかられたかね？

モンソー　（たしなめるように）この際、おとなしくしているのが一番です。

ルボー　どうしてかな、この服のせいか？　これでも、フランス一の画家かもしれないんだぜ。

モンソー　それなら結構。

ルボー　なんて奴らだ！　みんな敵意をもっていやがる！

間。

マルシャン　(前かがみになって、モンソーを見ながら)人手がたりないのなら、人員をへらせばよさそうなものを、わしをとめた車には、運転手と、フランス人の刑事が二人、それにドイツの役人らしいのが乗っていた。新聞におふれをちょっと出せば——みんなここへやって来て書類をだすだろうに。こんなことじゃ、午前中が丸つぶれだ。迷惑な話さ。

ルボー　迷惑どころか、こっちは怖くて死にそうなんだ。(バヤールに)きみも迷惑の口か？

バヤール　くだらん話はやめて、ほっといてくれ。

間。ルボーは前にかがみ、マルシャンの向うにいる男を見る。ルボーは指さす。

ルボー　ジプシーか？
ジプシー　（足もとの銅の壺をひきよせる）ジプシー。
ルボー　（モンソーに）ジプシーはもともと証明書を持っちゃいない。どうして引っぱられたんだ？
モンソー　奴の場合は、何か別な理由だろう。きっとあの壺を盗んだのだ。
ジプシー　違う。歩道で。（足のあいだから壺をあげて）わたし、なおす、きれいにする。坐って直す。お巡り来る。ぷうっ！
マルシャン　だが、まあ、連中の話はあてにならんさ……（ジプシーに、親しげに笑いながら）そうだな？

ジプシーは笑い、自分自身の憂鬱の中へとじこもる。

ルボー　ひどいことを言うなあ。アイロンのかかったズボンをはいている男には、そんなことは言うまい？
マルシャン　なあに、気になんかせんよ。本当は盗みが自慢なんだ。（ジプシーに）そうだろう？

ジプシーは彼を見やり、肩をすくめる。

田舎に土地を持っているが、毎年夏になると、ジプシーがやってくる。個人的には、連中が好きさ——特にあの音楽が。（にやりとしてジプシーにむかって歌い、笑う）よく連中のキャンプファイヤーのまわりに行って聴くんだ。だが、こっちの目玉だって盗みかねない。（ジプシーに）そうだな？

ジプシーは肩をすくめ、軽蔑したように空に投げキスをおくるようなしぐさをする。マルシャンはがさつな狎れ狎れしさをこめて笑う。

ルボー　なぜ彼が盗みをしちゃいけないんだ？　あんたはどうやって金を儲けた？
マルシャン　わしは商売《ビジネス》をしとるからな。
ルボー　なら、盗みがいかんとは言えんだろうが？
バヤール　人を挑発する気か？　そうなのか？
ルボー　ほう、きみも商売人《ビジネスマン》か？

バヤール　おれは電気技師だ。しかし、この際、ある程度の連帯感は別に悪くはあるまい。
ルボー　じゃ、ジプシーとの連帯感はどうなんだ？　九時から五時まで働かないから、のけ者か？
給仕人　（小男、中年で、エプロンをつけたままである）こいつなら知ってますよ。しょっちゅう追っぱらっていました。奴と女房が赤ん坊をかかえてカフェのそとに立ち、物乞いするんです。その赤ん坊にしても、自分たちのかどうだか。
ルボー　それがどうした？　まだしも想像力がある証拠だ。
給仕人　ええ、でもね、植込みの向うから、客に哀れっぽく泣きつくんです。みんな、いやがりましてね。
ルボー　こうして聞いていると――おやじを思いだすな。勤勉なドイツ人をいつも崇拝していた。今じゃそれがフランスじゅうで聞こえる――われわれはドイツ人の働きぶりを見習わねばならん。いやはや、歴史を読んだことがないのか？　人間、しゃにむに働きだすと、きまって人殺しを始める。
バヤール　それは生産形態の如何によるな。もしそれが個人的利潤の追求であれば、そのとおりだ、しかし――

ルボー　何をいっているんだ？　ロシヤ人が危険になりはじめたのは、働きかたをおぼえてからだ。ドイツ人を見ろ――千年のあいだは組織されない、平和な民だった――それが働きはじめると、みんなの悩みのたねだ。誰もアフリカ人を怖がりはすまい？　連中が働いたりしないからだ。(訳註2)聖書を読んでみろ――労働は呪いだ、労働を崇めてはならんのだ。

マルシャン　では、どうやって物を生産しようというのだ？

ルボー　うん、それが問題だ。

マルシャンとバヤールが笑う。

何を笑うんだ？　それが問題なんだ！　そう！　労働を神聖視せずに働くことだ！　なんという連中だ？

事務所のドアが開き、少佐が出てくる。彼は二十八歳、青白いが、がっしりした体格で、なんとなく病的な感じがする。軽く足を引きずりながら、男たちの前を通って、廊下の方へ行く。

給仕人　おはようございます、少佐。

少佐　（びっくりして、給仕人にうなずく）ああ、おはよう。

彼は廊下を奥の方へ行き、曲り角のあたりで看守を呼ぶ――看守があらわれ、二人はひそひそ話している。

マルシャン　（小声で）知っているのか？

給仕人　（誇らしげに）毎朝朝食をお出しししているんです。実をいえば、悪い人じゃありません。正規の軍人で、親衛隊の奴らとは違うんです。どこかで負傷して、ここに送られてきたんです。ほんのひと月ほど前ですが、あの人とあたしは――

少佐は廊下をもどってくる。看守は廊下のはずれの定位置にもどり、姿が見えなくなる。少佐がマルシャンのそばを通りすぎるとき――

マルシャン　（ぱっと立ち、少佐のところへ行き）失礼。

少佐はゆっくりマルシャンに顔をむける。マルシャンはうやうやしく作り笑いをする。

ご迷惑をおかけしたくないんですが、ちょっと電話を使わせていただければ、ありがたいんです。じつは、食糧の配給に関係する仕事でして、わたしは支配人で……

彼は名刺をとりだそうとする。が、少佐は相手にせず、ドアのところへ歩いていく。しかしそこで立ちどまり、ふりむく。

少佐　この件はわたしの担当ではない。警察署長をお待ちなさい。（事務室にはいる）

マルシャン　失礼しました。

このセリフでドアがしまる。マルシャンは、給仕人をにらみつけながら席にもどり、腰をおろす。

給仕人　本当に悪い人じゃないですよ。

一同は彼を見つめる、少しでも何か手がかりをもとめようとして。

夜もときどきやって来て、きれいなピアノをひきます。本でフランス語を独習しているし、いつもやさしく声をかけてくれる。

ルボー　知っていてか、おまえが……ユダヤ人てことを？

バヤール　（すぐに）その話はやめろ、ここでは！　どうしたというんだ？

ルボー　どういう事態か、知ってはならんのか？　もし普通の身許調査なら、それでいいが、もし——

廊下の奥から刑事一が老ユダヤ人をつれて入ってくる。ユダヤ人は七十歳代、あごひげをはやし、大きな麻袋のつつみを持っている。つぎに刑事二がルデュックの腕をつかんで入ってくる。それから制服姿の警察署長がフォン・ベルクと共にあらわれ、最後に背広姿の教授がつづく。刑事一は老ユダヤ人に坐るように指示し、彼はジプシーのそばに腰をおろす。刑事二はフォン・ベルクに老ユダヤ人のとなりに坐るように指示する。ここで初めて刑事二はルデュックから手をはなし、フォン・ベルクのとなりに坐るよう身振りで示す。

刑事二　（ルデュックに）もう手をやかせるんじゃないぞ。

ドアが開き、少佐がはいってくる。すぐにルデュックが立ち、少佐に近づく。

ルデュック　理由をきかねばなりません。わたしは戦闘部隊の将校、フランス軍の大尉です。フランス領土内でわたしを逮捕する権限はないはず。占領軍は南部フランスではフランスの法律の効力を停止していない。

刑事二は怒って、ルデュックを席に突き倒す。刑事二は教授のところにもどる。

刑事二　（少佐に、ルデュックについて）演説屋でしてね。

教授　（疑わしげに）二人でやれるかね？

刑事二　おまかせください、教授。（少佐に）パリやなんかから逃げてくる連中が集まる地区があります。お望みなだけ捕らえてみせます。

刑事一　その地区を突きとめれば、わけありません。わたしの意見では、ヴィシーには偽の証明書を持った奴が、少くとも二、三千人はいます。

教授　なら、ぴしぴしやってくれ。

刑事二が刑事一と行きかけたとき、警察署長が呼びとめる。

署長　サン＝ペール。

刑事二　はい。

署長は刑事二と舞台前方にくる。

署長　人混みの中から引っぱってくるのはやめにしろ。前のようにぶらっと歩いていて、一回に一人だけしょっぴけ。いろいろ噂がとんでおる。警戒されると、やりにくいからな。

刑事二　わかりました。

署長は「行け」と身振りする。二人の刑事は廊下を奥へ去る。

署長　コーヒーを注文しますが、いかがです？

教授　いいね。

給仕人　（おずおずと）それから、少佐にクロワッサンを。

少佐はちらっと給仕人を見やり、かすかに微笑する。署長は、不可解な面持で給仕人を見るが、そのまま事務室へはいる。

マルシャン　（教授に）わたしが最初でしょうな。

教授　そう、こっちへ。

彼は事務室へ入る。あとに、マルシャンがそそくさと続く。

マルシャン　（はいりながら）ありがたい。ひどく急いでおりますんでな……食糧省へ行く途中だったので、実は……

彼の声が中に消える。少佐がドアのところへ行ったとき、それまでしきりと思いだそうとしていたルデュックが声をかける。

ルデュック　アミアン(訳註3)だ。

少佐　（ドアのところで立ちどまり、列の一番はずれにいるルデュックの方をむく）アミアンがどうした？

ルデュック　（興奮を抑えながら）一九四〇年六月九日、おれは第十六砲兵隊で、相手があんただった。その記章に見覚えがある、もちろん、忘れられるか。

少佐　悪い日だったな、貴様たちには。

ルデュック　そう。だが、お前さんにとってもな。

少佐　（自分の脚をちらっと見て）別に言うことはない。

少佐は事務室へはいり、ドアをしめる。

間。

ルデュック　（一同に）これはどういうことなんだ？

給仕人　（一同に）悪い人じゃないと言ったでしょう。今にわかりますよ。

モンソー　（ルデュックに）身分証明書の照合をやっているらしい。

ルデュックは初めて耳にするニュースだ。明らかに用心深くなり、それとなく警戒する。みんなの顔をじろじろ眺める。

ルデュック　で、どうなっている？

モンソー　始まったばかりだ——あの実業家が最初だ。

ルボー　（ルデュックとフォン・ベルクに）鼻をはかりましたか？

ルデュック　（非常におどろいて）鼻をはかる？

ルボー　（親指と人差し指を自分の鼻梁と鼻の頭にあてて）そう、ぼくのは計った、街のまん中で。ぼくはこう思う……（バヤールに）話してもいいかね？

バヤール　まじめな話なら、かまわんよ。

ルボー　石を運ばせるんだと思うな。じつはね——先週の月曜日に、知り合いの女の子がマルセーユ（訳註4）から出てきた——道路はめちゃめちゃだそうだ。おそらく労働力がいるんだな。彼女の話だと、多くの人が石運びをしていたそうだ。ユダヤ人もたくさんいたようだと、何百人も。

ルデュック　ヴィシー政府の地区での強制労働については聞いたことがないな。そんなこと、やっているのか？

バヤール　どこから来ました。

ルデュック　（短い間——打明けようかどうかを決める）田舎に住んでいる。町にはたまにしか来ない。強制労働令はまだ出てないんでしょう、ここには？

バヤール　（一同に）ところで、みんな——（一同は彼の率直な、確信ありげな調子にひかれて、そちらを見る）話しておきたいことがある。ただし、わたしが言ったということは洩らさないでほしい。いいね？

　一同はうなずく。彼はドアに目をやる。それからルボーの方をむく。

おれの言ったこと、わかるね？

ルボー　馬鹿扱いはよしてくれ。わかってるさ、まじめな話だくらい！

バヤール　（他の人たちに）ぼくは鉄道の操車場で働いているんだが、きのう、三十輛編成の貨物列車が入ってきた。機関士はポーランド人で、直接話はできなかったが、転轍手の一人が言うには、中に人がいるそうだ。

ルデュック　貨車の中に？

バヤール　そう。トゥールーズ(訳註5)から来たんだ。この二、三週間、トゥールーズではひそかにユダヤ人狩りがあったそうだ。ポーランドの機関士が南フランスの汽車で何をしているんだ？　わかるか？

ルデュック　強制収容所か？

モンソー　どうして？　ドイツじゃ大勢の人が志願して勤労奉仕に出かけるぜ。秘密なんかないさ。行けば食糧の配給が倍になる。

バヤール　（静かに）貨車は外側から鍵がかかっている。（短い間）ひどい臭いがする。百ヤード離れても悪臭がする。中では赤ん坊が泣いている。それが聞こえるんだ。それに女たちの声も。志願なら、そんなふうには閉じこめたりしない。そんなこと聞いたこともない。

長い間。

ルデュック　人種法(訳註6)をここでまで適用してるなんて、聞いたことがないな。まだフランスの領土なんだ、占領されているとはいえ——その点はけじめをつけているはずだ。

間。

バヤール　あのジプシーが気になる。

ルボー　なぜ？

バヤール　連中はナチスの人種法では同じカテゴリーなんだ。劣等民族として。

ルデュックとルボーはゆっくりとふり返り、ジプシーを見る。

ルボー　（急いでバヤールの方をむき）本当に壺を盗んだのでなければね。

バヤール　それはそうだ、壺を盗んだのであれば、もちろん——

ルボー　（急いで、ジプシーに）おい。（低いが鋭い口笛を鳴らす。ジプシーは彼の方をむく）その壺、盗んだのか？

ジプシーの顔の色は読めない。ルボーはじりじりして自分の説を押しつけようと、躍起になる。

そうだろう、盗んだんだな？

ジプシー　違う、盗まない。

ルボー　盗みが悪いっていってるんじゃないんだ。（他の人たちを指さし）おれはこの人たちとは違うんだ。駐車している車のなかや、橋の下で寝たこともある――つまり、おれにとっちゃ、財産なんて盗みも同じことなのさ。だからお前にも偏見は持っちゃいない。

ジプシー　盗まない。

ルボー　なあ――お前はジプシーなんだ、ほかにどうやって食っていける？

給仕人　何でもかっぱらうんでさ。

ルボー　（バヤールに）ほらね？　きっと盗みで入れられたんだ、それだけさ。

フォン・ベルク　失礼……

一同は彼の方をむく。

みなさんは、ユダヤ人だというので逮捕されたのですか？

一同は沈黙。疑心暗鬼のてい。

これは失礼。わたくしとしたことが。

バヤール　ユダヤ人のことなんか話していませんよ。ぼくが知るかぎり、ここにはユダヤ人は誰もいない。

フォン・ベルク　失礼しました。

沈黙。それが続く。当惑して彼は神経質そうに笑う。

実はわたしは……新聞を買っていたら、あの方が車からおりてきて、証明書の照合をしなければならないと言われたのです。さっぱり……見当がつかんのです。

沈黙。希望がみんなの中にわいてくる。

ルボー　（バヤールに）なら、何のために彼をつかまえたのだろう？

バヤール　（ちょっとの間フォン・ベルクを見て、それからみんなに話しかける）ぼくにはわからないが、忠告をきいてくれ。ひょっとして汽車に乗せられることになったら……内側のドアの中程から上に四つボルトがついている。釘か、ねじ回しか、とがった石でもいい、持ちこむんだ——ボルトのまわりの木をけずりとれば、ドアは開くはず。注意しておくが、奴らのいうことを絶対に信じてはいけない——ポーランドの収容所では死ぬまでこき使っているそうだ。

モンソー　わたしにはいとこがいて、アウシュヴィッツ(訳註7)に送られた。あれはポーランドだよ、ね。何通か手紙をもらったけど、元気だ。煉瓦の積みかたも教えてくれるそうだ。

バヤール　いや、事情を知っている人の話では……（ためらう）知ることを仕事にしている人たちがいるんだ、わかるね？　移住だとか、手に職をつけてやるなんて話を本気にしてはいけない。汽車に乗せられたら、つく前に逃げだすことだ。

間。

ルデュック　聞いたことがあるよ、同じことを。

一同はルデュックの方をむき、彼はバヤールの方をむく。

モンソー　話が出来すぎているよ！　われわれはフランスの自由地帯にいるんだ。何にも知らないうちに、強制収容所行きの汽車に乗せられ、一年もしないうちに死ぬなんて。どうやって道具を見つける？　いい考えがあるかね？

ルデュック　しかし、もし機関士がポーランド人だとすると……

モンソー　ポーランド人なら、どうだというんだ？

バヤール　おれが言いたいのは、もし何か道具があれば……

ルデュック　この人の言うことは、本気で考えたほうがいいと思うね。

モンソー　思うにだ、あなた方はヒステリックになっている。つまるところ、連中は戦争前から何年もドイツでユダヤ人をつかまえていた。パリに入ってくると、そこでもやっている——つかまった連中がみんな死んだとでもいうのかね？　そんなこと、本当に考えられるかね？　戦争は戦争だ、だが、ある平衡感覚はもたなくてはいかん。つまり、ドイツ人もやはり人間だということさ。

ルデュック　彼らがドイツ人だからというので、こんなことを話しているのではない。

バヤール　奴らがファシストだからだ。

ルデュック　失礼、それも違う。こんなことを言うのは、彼らが人間だからだ。

バヤール　それには賛成しないな。

モンソー　（ちょっとの間ルデュックを見て）あんたはよほど変った生活をしてきたんだな。ぼくはドイツで芝居をしたことがある、ドイツ人はよく知っている。

ルデュック　わたしもドイツで五年間勉強した、それにオーストリアでも——

フォン・ベルク　（うれしそうに）オーストリア！　どこで？

ルデュック　（ふたたびためらい、それから打明ける）ウィーンの精神分析研究所。

フォン・ベルク　ほう！

モンソー　精神病の医者ですか。（一同に）人生を悲観的に見るのも無理はない！

フォン・ベルク　どこに住んでいました？　わたしもウィーンの者です。

ルデュック　失礼ですが、あまりしゃべらないほうがいいでしょう……こまかくは。
フォン・ベルク　(へまをしでかしたかのようにあたりを見回す) これは失礼……たしかに、そうです。(短い間) ただ、ひょっとしてケスラー男爵をご存じかと思って。
ルデュック　医学校にたいへん関心をもっていた男です。
フォン・ベルク　(奇妙な冷やかさをもって) いや、あの仲間には入っていませんでした。
フォン・ベルク　ほう、非常に民主的な男ですが。じつは……(はにかんで) いとこなんですよ……
ルボー　あんたは貴族？
フォン・ベルク　そうです。
ルボー　お名前は？
フォン・ベルク　ヴィルヘルム・ヨハン・フォン・ベルク。
モンソー　(おどろき、感動して) 公爵の？
フォン・ベルク　そう……失礼ですが、お会いしましたか？
モンソー　(名誉に感激して) いいえ。でも、お名前はうかがっています。たしか、オーストリアではいちばん古い家柄の一つとか。
フォン・ベルク　いや、大したことじゃありませんよ、もはや。

ルボー　（バヤールの方をむき——希望にもえて）いったいオーストリアの公爵をどうしようというんだろう、奴らは？

バヤールは不思議そうにフォン・ベルクを見る。

フォン・ベルク　ええ。

つまり……（フォン・ベルクの方を見て）あなたはカトリックですよ、ね？

ルデュック　で、証明書にあなたの称号は書いてありますか？

フォン・ベルク　ええ、もちろん、旅券に。

間。一同は黙って坐っている。かすかに希望をもつが、とまどっている。

バヤール　以前……政治的に、何か？

フォン・ベルク　いや、いや、その方はまったく興味ありません。（短い間）もっとも、貴族に対する敵意はあるでしょう。それならわかります。

ルデュック　ナチスに？　敵意が？

フォン・ベルク　（びっくりして）そう、たしかに。
ルデュック　（はっきりした観点があるわけではないが、なんとなく貴族から話をひきだすことにひどく興味をおぼえて）そうですか。そんなこと、気がつきませんでしたよ。
フォン・ベルク　いや、あります。
ルデュック　でも、どんな理由で？
フォン・ベルク　（笑う――自分が気を悪くしているのをにおわさなければならないことさえ当惑げに）本気で訊いてはいませんね。
ルデュック　怒らないでください。そういう状況にうといだけなんです。反動的政治体制のかげにはいつも……貴族階級がいるものとばかり思っていた。
フォン・ベルク　むろん、そういう人たちもいます。しかし、大部分は責任をとろうとしなかった、いずれにせよ。
ルデュック　興味がありますね。では、あなたは貴族という称号をまだ真面目に……考え……
フォン・ベルク　〈称号〉ではない、わたしの名前、家族の名誉です。あなたにも名前があり、家族があるように。あなただって、それを傷つけたくはありますまい。

ルデュック　なるほど。ところで、その責任ということですが、つまり、あなたは――
フォン・ベルク　いや、わかりません。どういうことでもいいんです。（自分の時計に目をやる）

間。

ルデュック　すみません、あなたのことを詮索するつもりはなかったのです。（間）そんなことは考えもしなかったけれど、はっきりしてきた――奴らは、とにかくあなたがたが持っている力を破壊したがっている。
フォン・ベルク　いいや、わたしには何の力もない。あるにしても、一日もあれば破壊されてしまうていのものです。問題はそれではない。

間。

ルデュック　（魅せられて――彼はフォン・ベルクのなかの或る真実に惹かれる）では、何なのです？　別に批判しているわけではないんです。正にその反対で……

フォン・ベルク　でも、これらがはっきりした答えなんです！　（笑う）わたしには或る……立場がある。わたしの名前は千年の歴史がある。わたしのような者はおそらく……卑俗さに迎合すまいと、彼らはその危険を知っているのです。
ルデュック　卑俗さというと……
フォン・ベルク　思いませんか、ナチズムというものは……何はともあれ……卑俗さのかたまり、卑俗さの爆発だと？
バヤール　それ以上のもののような気がしますがね。
フォン・ベルク　（バヤールに、丁寧に）ええ、それはそうです。
バヤール　あなたの話をきいていると、奴らはテーブル・マナーが悪いだけ、というような気がする。
フォン・ベルク　ええ、まさにそうです。とにかく、洗練されたものを見ると、彼らは腹をたてるのです。頽廃的《デカダン》というわけです。
バヤール　どういうことです、それは？　彼らのテーブル・マナーが悪いから、オーストリアを離れたというわけですか？
フォン・ベルク　そう、テーブル・マナーと、愚劣な芸術への礼賛。八百屋の小僧あがりが制服を着こんでオーケストラに、どんな曲は演奏してはならんと文句つけるのですからね。こういう卑俗さだけでも、国から出たくなるでしょうよ、ええ。

バヤール　すると、彼らの芸術の趣味がよくて、テーブル・マナーが優雅で、オーケストラに何でも好きなものを演奏させてくれれば、それでいいというわけですね。

フォン・ベルク　しかし、そんなことが可能でしょうか？　芸術を尊重する人間が、ユダヤ人狩りをするでしょうか？　ヨーロッパじゅうを牢獄にし、みずからお巡りや犬畜生の役をかってでますか？　芸術的な人間にそんなことができますか？

モンソー　ご意見には賛成したいですがね、フォン・ベルク公爵、でも、ドイツの観客は――あそこで芝居をしたことがありますが――あんなに芝居のこまかいニュアンスまで感じとってくれる観客は、ほかにはありません。尊敬の念をこめて劇場に坐っているのです、まるで教会にいるみたいに。ドイツ人ほど音楽を真剣に聞く者はいません。そう思いませんか？　彼らには情熱がある。

間。

フォン・ベルク　（それが事実であることに言うべきことばを失い）そう、そのとおりでしょう。（間）なんと言ったらいいか――（ひどく途方にくれ、沈みこむ）

ルデュック　きっとこういうことをやっているのは、そういう連中ではないのだ。
フォン・ベルク　じつは、多くの教養のある人たちが……ナチスになったのを知っている。そう、そうなんです。たぶん芸術では防ぎえないんでしょう。おかしなことだ、人間は或る思想をすぐ当然のことと受取ってしまう。今の今まで、考えていた、芸術こそが……（バヤールに）あなたの言うとおりかもしれない――わたしにはよく判っていないのだ。実はわたしは、本来音楽家なんです――もちろん、アマチュアとして。だから政治は絶対に……

事務室のドアが開き、マルシャンがあらわれる。中の誰かと話しながら、あとずさりして出てくる。彼は革の証明書入れを胸のポケットにしまい、もう一方の手に白い通行証を持っている。

マルシャン　いいや、構いません、よくわかっています。さよなら、皆さん。（彼らに通行証を高くあげて見せて）これを出口で見せるんですね？　ありがとう。

ドアをしめ、むき直って、留置人たちの前を急ぎ足で行く。少年の前を通りかかったとき……

少年　何を訊かれたの？

マルシャンは少年には目もくれず、廊下を奥へ歩いて行く。廊下のはずれに近づいたとき、看守がその足音を聞きつけて、姿をあらわす。マルシャンは、看守に通行証をわたし、去る。看守は廊下の曲り角のあたりを回って、姿をけす。

ルボー　（半ばいぶかしげに、半ば希望をもって）奴は絶対にユダヤ人だったんだぜ！（バヤールに）そう思わなかったか？

短い間。

バヤール　（はっきり彼もそう思った）きみは証明書を持っているね？

ルボー　もちろんさ、ちゃんとしたのを。（しわくちゃの証明書をズボンのポケットか

　ら取りだす）
バヤール　じゃ、それが法的に有効なものだと主張すればいい。彼もきっとそうしたんだ。
ルボー　ちょっと見てくれるかい？
バヤール　ぼくは専門家じゃないよ。
ルボー　でも、きみの意見がききたいんだ。いろいろ知っているらしいから。どう思う？
　事務室のドアがあいたので、バヤールは急いで書類をかくす。教授があらわれて、ジプシーを指さす。
教授　つぎ。おまえだ。来るんだ。
　ジプシーは立ちあがり、彼の方へ行きかける。教授はジプシーが手にしている壺を指さす。
　それは置いてこい。

ジプシーはためらい、壺を見る。

置けといっているんだ。

ジプシーは不承不承壺をベンチの上におく。

ジプシー　直してたんだ。盗んだんじゃない。

教授　はいれ。

ジプシー　（壺を指さし、他の人たちにあらためて言う）それはおれのだぜ。

ジプシーは事務室にはいる。教授も続いてはいり、ドアをしめる。バヤールは壺をとり、取っ手をもぎとり、ポケットへいれ、壺をもとへかえす。

ルボー　（バヤールの方をむき、自分の書類を示し）どう思う？

バヤール　（一枚の紙を光にかざし、裏返しにして見て、ルボーにかえす）見たところ、大丈夫そうだ。

モンソー　あの男は確かにユダヤ人くさかった。どうです、ドクター？
ルデュック　わからん。ユダヤ人は人種じゃないんだ。誰にだって似ている。
ルボー　（確信に近い喜びをもって）きっとあいつはちゃんとした証明書を持っていたんだ。みんな証明書は持っているんだから、ここはじっくりそいつを眺めて、偽物だと知ることだ。つまりだ、まっとうな物かどうかをね。

モンソーはその間に自分の証明書をとりだして調べている。少年も同じことをする。ルボーはルデュックの方をむく。

おっしゃるとおりだよ、まったく。おれのおやじはイギリス人にみえる。困るのは、おれが母親似だということだよ。
少年　（バヤールに証明書をさしだし）ぼくのを見てくれる？
バヤール　ぼくは専門家じゃないよ。とにかく、そんなふうに眺めたりしないことだ。

モンソーは自分のをしまう。少年もそうする。間。一同は待つ。

モンソー　これは信用性の問題だと思うな。あの男は自信たっぷりにふるまったに違いない……

　老ユダヤ人が床にくずおれかかる。フォン・ベルクが彼をつかまえ、少年の手をかりて元の位置へ坐らせる。

ルボー　（いらいらが昂じて）ちぇっ、奴らにヒゲでもそってもらう気か。あんなヒゲをはやしやがって、こんな国を歩きまわるなんて！

　モンソーは彼のヒゲを見つめる。ルボーはそれにさわる。

これは、そる時間が惜しかっただけだ……

フォン・ベルク　（老ユダヤ人に）大丈夫ですか？

　ルデュックはフォン・ベルクの膝ごしに身をかがめ、老ユダヤ人の脈をとる。間。手をはなし、ルボーを見る。

ルデュック　本当かね？　奴らがきみの鼻をはかったというのは？

ルボー　指でね。あの背広の男が、〈教授〉と呼ばれている。（間。それからバヤールに）あんたの言うとおりだと思うね。問題は証明書だ。あの実業家はたしかにユダヤ人みたいだったが……

モンソー　今となると、自信がないな。

ルボー　（怒って）さっきそう言ったくせに、今さら……！

モンソー　まあ、かりにユダヤ人でなかったにせよ――これは一般的な調査にすぎないよ、住民全部に対する。

ルボー　なるほど、それもそうだな！　（短い間）実際、おれはよく普通のキリスト教徒に見られるからな。別に気にしているわけじゃないが、大体おれは……（フォン・ベルクに）あなたはどうです、鼻をはかられましたか？

フォン・ベルク　いや、自動車に乗るように言われただけです。

ルボー　どう見ても、あんたのはおれのよりも大きいからね。

バヤール　やめろよ、そんな話、いい加減に！

ルボー　自分が何で入れられたか、あたってみてはいけないのかね？

バヤール　自分のことしか考えようとしない。芸術家だからか？　きみたちのようなのがみんなの士気をくじくのだ。
ルボー　（恐怖をあからさまにして）一体ぼくに何を考えろというのだ？　きみは誰のことを考えている？

事務室のドアが開く。署長が姿を見せ、バヤールに身振りをする。

署長　中へはいれ。

バヤールは膝がふるえるのをやっとのことでおさえ、立つ。カフェの主人フェランが、大きなナプキンをかけたコーヒーの器の類をのせた盆をもち、廊下をやってくる。彼はエプロンをつけている。

ああ、やっと来たな！
フェラン　すみません、署長、あなたのために新しいのをいれていたもので。
署長　（フェランのあとから事務室に入りながら）わしの机の上においてくれ。

ドアがしまる。バヤールは坐り、顔を拭う。間。

モンソー　（バヤールに、静かに）一言いってあげたいんだが、いいかね？

バヤールは彼の方をむく。すでに身構えている。

いま立ちあがったとき、ひどく自信なげに見えたよ。

バヤール　（むっとして）自信なげ、おれが？　おかど違いだろう。

モンソー　いや、それをとやかく言っているんじゃない。

バヤール　そりゃ、ちょっと気持が昂ぶってはいるがね、あんなファシストがいる部屋に入るとなると。

モンソー　だからこそ、どっしり構えなくちゃいけないんだ。あの実業家が早くすんだのも、そうだと思うよ。おれも似たような経験を汽車でしたよ。パリでも、何度かとめられた。大事なのは、犠牲《いけにえ》みたいな顔をしないことだ、そう感じてもね。奴らはバカだけど、そういう勘は持っている。誰が隠しごとしているか、すぐわかる。

ルデュック　どうやれば、いけにえらしく感じないでいられるのかね？
モンソー　人はこの世界では自分自身の現実《リアリティ》を創らなければならない。ぼくは俳優だ、ぼくたちはいつもこれをやっている。観客というものは、実にサディスティックだ、まずアラをさがす。だから、とにかく、何か自信をあたえてくれるようなものを考えなければならない。たとえば、おやじに褒められたときとか、頭がいいと先生にびっくりされたときのこととか……何だっていいんだ——（バヤールに）——自分の価値を感じさせてくれるものであれば。つまり、幻想を創造することなんだ、自分が間違いなく証明書の人物であることを信じさせるために。
ルデュック　そのとおり、奴らが書いた筋書どおりの役を演じてはいけない。非常に賢明だ。たいした勇気だ。
モンソー　勇気じゃないけど、才能はある。（バヤールに）自分が正しいという顔をしていればいいんだ、びくついたり、うしろめたそうな顔はいけない。すぐ見破られるから。
バヤール　だが、自分を正しいとするためには芝居をうたなければならないなんて、情けないね。ブルジョワジーがフランスを売った。ナチスを引き入れ、労働者階級を潰滅させた。この戦争の原因を思いだせば、真の自信がわいてくる。

ルデュック　その戦争の原因ってやつが、しょっちゅう変る。
バヤール　そんなことはない、経済と政治の力関係を理解していれば。
ルデュック　だがね、ドイツがわれわれを攻撃してきたとき、コミュニストはフランスを支援することを拒否したんだよ、帝国主義者の戦争だと言って。ナチスが鉾先をロシヤにむけるまでは。それが、ある日の午後、突然、暴虐に対する聖なる戦いに変った。たった一日でひっくり返るようなものを理解したからといって、どんな信念が持てるね？
バヤール　しかしね、赤軍が立ちあがらなかったら、フランスは歴史から永遠に消えていただろうよ！
ルデュック　そのとおり。だが、それは、なにも政治的経済的な力を理解するまでもない――ただ赤軍を信頼しているというだけだ。
バヤール　未来に対する信頼だ、未来は社会主義のものだ。ぼくはその信念を持ってあそこへ入っていく。（他の人たちに）皆さんに言っておきたい――ぼくはこれまでもこういうことを経験してきた。一つの視点をきちんと持っていないと、途中でまいってしまうぞ。
ルデュック　わかった。一人ぼっちでないと感じることが大事なんだね？

バヤール　われわれはみんな一人ぽっちではない。歴史の一員だ。それに気づかない者もいるが、人間として自分を守るためには知っていたほうがいい。
ルデュック　われわれは……象徴というわけか。
バヤール　（同意すべきかどうか、よくわからず）そう。そうかな？　象徴——そうだ。
ルデュック　で、きみはそれが支えになると思っている。いや、わたしは純粋に興味があるのだ。
バヤール　それが真実だから、支えになるのだ。個人としては、ぼくは奴らにとって何だ？　奴らがぼくを知っているか？　個人的に反抗したって、バカ扱いにされるのがおちだ。個人的なレベルではどうにもならない。
ルデュック　そうだ。（自分のこととして考えて）しかし、むつかしいのは——自分自身の問題としなければ、どうにもなるまい？　たとえば、拷問とか何とかを考えると……
バヤール　（自分の信念に生きようとつとめながら）そりゃ、ぼくだって怖い——もちろん。しかし、未来を拷問にかけることはできない、手が届かない。人間は大企業のいいなりの奴隷ではない。奴らが何をしようと、ぼくのなかの何かは笑っている。彼らが勝てるはずがないからだ。絶対に。（わきあがってくる恐怖に身を固くす

る)
ルデュック　それでは、ある意味では……きみはここにいない。きみ個人は。
バヤール　ある意味ではね。それじゃいけないかね？
ルデュック　いや、別に。それが、自分というものを守るための、一番いい方法かもしれん。ただ、一般には、人生を体験するということは、肉体があって初めて精神がそれに伴うものだ。その反対はむつかしい。しかしきみにとっては、それは問題ではない。
バヤール　(強く熱をこめて)この社会で、人間が人間でいられると思うのか？　何百万人もが飢え、ひとにぎりの連中が王侯のように暮している。あらゆる国の人たちが株式市場の奴隷になっているのに——そんな世界で、どうして自分が自分でいられる？　ぼくは僅かな金のために一日十時間働いている、額に汗することもなくこの地球を支配している連中がいるのに……どうして精神を肉体にあずけておける？　猿にでもならなきゃ無理だ。
フォン・ベルク　では、あなたの精神はどこにあるのですか？
バヤール　未来に。労働階級が世界の主人になる日に。それが、ぼくの信念だ……(モンソーに)借りものの人格ではない。

フォン・ベルク　（目を大きく見開いて、率直にきく）それでは、思っていない……失礼、ナチスの大半が……労働階級とは？
バヤール　そりゃ、宣伝が行きわたれば、誰だってまどわされますよ。
フォン・ベルク　なるほど。（短い間）しかし、そうだとすると、どうして彼らが信頼できるのです？
バヤール　あなたは誰を信頼するのです、貴族階級？
フォン・ベルク　いいえ、ほとんど。信頼するとすれば、或る貴族たち、そう。それに或る一般の人たち。
バヤール　歴史は〈或る人たち〉の問題だというのですか？　われわれは〈或る人たち〉だから、ここにいるというわけですか？　われわれはドイツ人にとって、個人なのですか？　階級の利益が歴史をつくるのです、個人ではない。
フォン・ベルク　そう。それが悩みでしょうね。
バヤール　事実は悩みではない。人間は事実を誇りにしなければならない。
フォン・ベルク　（もどかしげに何とかバヤールにわからせようとして）しかし事実そのものが……その事実が恐ろしいものなら、どうなります？　常に恐ろしいものだとしたら？

バヤール　赤ん坊の出産がそうです、それに……

フォン・ベルク　赤ん坊は生れてきます。だが、もし、果てしない災いのほかは、事実から永遠に何も生れてこないとしたら、どうなります？　本当に、うれしいんです、物事を皮肉な冷めた目で見ない人にお会いしたのは。何であれ、この頃は、信念というものは貴重です。しかし、あなたの信念を……そういう階級の人々にあたえることは不可能だ、絶対に不可能です――ナチスの九十九パーセントは普通の労働階級の人たちなのだから！

バヤール　みんな宣伝によってごまかされている、とは言えるかもしれないが……

フォン・ベルク　（この問題の解決が身近かな重要なことでもあるかのように、抑えがたい懸念をもって）何が宣伝によって動かされないか？　問題は……それではないですか？　少数の個人なのです。そう思いませんか？

バヤール　あなたは知識人だ、公爵。五人か、十人か、千人か、一万人かの誠実な立派な人たちだけが、われわれとこの世の破局のあいだに立っていると、本気でおっしゃるんですか？　この世界全体がその糸にすがっていると？

フォン・ベルク　（はっとして）たしかにそういうことはありえませんね。

バヤール　もしぼくがそう考えたら、とてもあのドアを通って中へはいる力は持てないでしょう、足がすくんでしまって。

フォン・ベルク　（短い間）なるほど。そんなふうに考えたことはありませんでした。しかし……本当に思うのですか、労働階級が……

バヤール　ファシズムを打ち倒すでしょう、それは彼らの階級の利益に反するから。

フォン・ベルク　（うなずく）だが、それは、奇跡としかいえないのでは？

バヤール　奇跡だとは思いません。

フォン・ベルク　だが、みんなヒトラーを崇拝している。

バヤール　どうしてそんなことが言えます。ヒトラーは資本家階級の創造物です。

フォン・ベルク　（ひどく悲しげに、気遣わしそうに）だが、みんな彼を崇拝している！　わたしの料理人も、庭師も、森で働く連中も、運転手も、猟場の番人も――みんなナチスなんだ！　みんな手もなくいかれてしまった、この創造物に対する愛に。わたしの女中頭は、ベッドで彼の夢を見、まるで神様と寝たとでもいいたげに、いそいそと朝食の支度をする、夢うつつでトーストを切りながら！　そういう崇拝ぶりを自分の家のなかで見た。まったく、おどろくべきことです。（自制して）失礼、しかしびっくりしましたよ。あなたの信念は尊敬します。何にせよ信念は、ある程度は美しいものです。だが、あなたの信念が間違った事実にもとづいていると知っているから——どうにも困るのです。（静かに）いずれにせよ、わたしは事実を誇りにしようとは思いません、そこからは何の保証も生れません。みんな彼を崇拝している、地の塩(訳註8)であるべき人たちが……（じっと見つめ）崇拝している。

事務室のなかから、どっと笑い声がきこえる。彼はそっちへ目をやる。　同もそうする。

ふしぎだ、もしあの中にフランス人がいるのを知らなければ、ドイツ人らしい笑い方だというでしょう。品性の下劣さは国籍を問わないわけですね。

ドアが開く。フェラン氏が笑いながら出てくる。なかの笑いは静まってくる。彼は中に手をふり、ドアをしめる。彼の笑顔はきえる。彼は給仕人のそばを通るとき、うしろのドアにちらりと目をやり、さっと体をかがめ、給仕人の耳に急いでささやく。みんなはそれを見守っている。フェランは行きかける。給仕人は手をのばし、彼のエプロンをつかむ。

給仕人　フェラン！
フェラン　(給仕人の手をエプロンから払いのけ) おれに何ができる？　この町から出ていくように、何十回も言ったろう！　え？　(泣きはじめる) な？
彼は、エプロンで涙を拭いながら、そそくさと廊下の奥へ去る。一同は、腰をおろしじっと前方を見つめている給仕人を、見守る。
バヤール　何だ？　言ってみろ。次はおれの番だ、何ていったんだ？
給仕人　(ショックで前方を見つめながら、つぶやく) 働かせるためではないんだ。
ルデュック　(彼の方へのりだして聞こうとする) 何だって？
給仕人　焼却炉があるんです。
バヤール　何の焼却炉だ？……言え！　何のことだ？
給仕人　刑事が話していたそうです、さっきコーヒーを飲みにやって来て。人間を焼却炉でやくんだって。働かせるためじゃない。ポーランドでみんな焼いてしまうんだって。

沈黙。長い間がすぎる。

モンソー　そんなばかげた気違いじみた話、きいたこともない！

ルボー　（給仕人に）だが、ちゃんとしたフランスの証明書さえ持っていれば……おれの証明書にはユダヤ人ってことは何にも書いていない。

給仕人　（小声だが、はっきりと）ペニスを調べるんだって。割礼しているかどうか。

少年が電気ショックを受けたように立ちあがる。事務室のドアが開き、署長があらわれ、バヤールに合図をする。少年は急いで坐る。

署長　さあ、お前だ。

バヤールは立ちあがり、わざとらしい、いささか馬鹿げた、自信ありげな態度をよそおう。だが、署長のところに近づくにつれ、一種の威厳が出てくる。

バヤール　ぼくは鉄道の主任電気技師だ。職場でぼくを見かけたはずだ。最優先戦時労働者になっている。

署長　なかへ。

バヤール　デュケーン運輸大臣に問合わせてみるがいい。

署長　わしに指図するのか？

バヤール　いや。だが、忠告が役にたつことだってあるぜ。

署長　はいれ。

バヤール　よろしい。

ためらうことなくバヤールは事務室のなかへ入っていく。署長があとに続き、ドアをしめる。

長い沈黙。ちょっとしてからモンソーがフェルトの帽子の毛ばだったところをならす。ルボーは自分の証明書を見つめる——片手の甲でゆっくりとひげをこすり、恐怖で目を見開いたまま。老ユダヤ人は自分の荷物を足もとに深く引きよせる。ルデュックは、からに近い煙草の箱をとりだし、自分のために一本とり、それから黙って立ち、並んで坐っている男たちにさしだす。ルボーが一本とる。

二人は火をつける。かすかに、隣りの建物から、流行の曲をひくアコーディオンの音がきこえてくる。

ルボー　今頃あんなに気楽にしていられるのはお巡りくらいだな。

給仕人　違うよ、あれはうちの主人の息子モリスさ。そろそろ昼食の時間でね。

ルデュックは、ベンチの一番端の自分の位置にもどっているが、首をのばして廊下の曲り角の方を見て様子をうかがい、坐りなおす。

ルデュック　（静かに）入口には見張りが一人だけだ。三人でかかれば、やっつけられる。

間。誰も答えない。それから……

フォン・ベルク　（申しわけなさそうに）わたしは邪魔になるだけだ。手に力がない。

モンソー　（ルデュックに）本当に信じるの、ドクター？　焼却炉のこと？

ルデュック　（考える。それから）あり得るね、そう。さあ、何とかしよう。

モンソー　だけど、ユダヤ人を殺して何になるんだろう？　ただで働かしゃいいのに、意味ないよ。なんてったって、ドイツ人は理屈に合わないことはしない。そんなことをして何の役にたつ、考えられん。

ルデュック　そこに坐って、役に立つとか立たんとか、よく言っていられるね？　それが手をこまぬいていることの理性的説明かね？　ただじっと坐ったまま？

モンソー　しかし、そんな残虐さは……とても信じられんもの。

フォン・ベルク　たしかにそれが問題だ。

モンソー　あなただって信じないでしょう、公爵、そんなことは、とても。

フォン・ベルク　今までに聞いた、もっとも信じられる残虐行為だと思う。

ルボー　でも、なぜ？

短い間。

フォン・ベルク　想像を絶した非道な行為だから。それが彼らの権力なのです。想像を絶することをするのが。それで他の連中を震えあがらせる。それが目的だとすれば、理由などはないのです。わたしは何度も友人たちに訊いてみた――祖国を愛するなら、なぜ他の国々を憎む必要があると？　よきドイツ人であるために、なぜドイツ的でないものすべてを軽蔑しなければならないのか？　そしてやっと答えがわかった。こういうことをするのは、彼らがドイツ人だからではなく、自分たちがつまらぬ、とるにたりぬ存在だからです。優秀さの折紙をつけてもらいたいのです――その存在が小さければ小さいほど、明快な印象をあたえることが重要になります。彼らがそれを一種の……正直さをもって論じ合っているのが見えるようです。つまるところ、自己を抑えることなど、偽善以外の何ものでもない、ユダヤ人を軽蔑するのなら、みんな焼きつくすのが一番正直なやりかただというわけです。それには金がかかり、汽車や人手を要するという事実が――それだけが、彼らの感情の存在と、誠実さ、純粋さの証《あかし》となっている。ひょっとすると、そんな費用のことを気にするのはユダヤ人だけだ、などと言いかねない。彼らは詩人だ、新しい貴族階級――まったく卑俗な人間たちから成る貴族階級をつくりだそうとしている。わたしはこの火が燃えていると信じる。それによって彼らの存在とひたむきさが、ずうっと証明されるというのです。こういう連中を十九世紀的な損得の勘定で計算してもだめです。彼らの動機は音楽的で、人間は彼らが演奏する音にすぎないのです。わたしの考えでは、この戦争に勝つにせよ負けるにせよ、彼らはすでに未来への道を示してしまった。かつての人間観など、もはやこの地上では存在しえなくなるでしょう。わたしなら、なんとしてでも逃げだそうとやってみるでしょうよ。

間。

モンソー　だけど、連中はあんたを逮捕した。あのドイツ人の教授は専門家だ。あなたにはユダヤ人らしいところは何もないのに……

フォン・ベルク　なまりがあるのです。わたしがしゃべりだしたときの彼の反応で気づきました。オーストリアなまりです。亡命者の一人と思っているのかもしれない。

ドアが開く。教授が出てきて、給仕人を指さす。

教授　つぎ。おまえだ。

給仕人はちぢこまり、ルボーにしがみつく。

びくびくせんでもいい、証明書を照合するだけだ。

給仕人は急に背中をまるめて走りだす――廊下の角をまわって奥に。看守がはずれにあらわれ、彼の襟をつかみ、廊下を連れもどす。

給仕人　（看守に）フェリクス、おれを知っているじゃないか。フェリクス、女房は気が狂うかもしれん。フェリクス……

教授　部屋へ入れろ。

署長が事務室の戸口にあらわれる。

看守　出入口に誰もおりません。

署長　（看守から給仕人をつかみとり）はいれ、このユダヤ野郎……

署長は給仕人を事務室へ放りこむ。給仕人は、何が起ったか見に出てきた少佐にぶつかる。少佐は痛そうに自分の大腿部をつかみ、給仕人を押しやる。

給仕人は少佐の足もとにすがり、懇願するように泣く。署長がやって来て、乱暴に彼をぐいと引っぱって立ちあがらせ、事務室へ押しこみ、自分もそのあとから入る。中から、声はするが、見えない。

ごたごたを起したいのか、ごたごたを？

給仕人が叫ぶのが聞こえる。殴りつける音。静かになる。教授がドアの方へ行きかける。少佐が彼の腕をつかみ、留置人たちに聞こえないように、舞台の最前端までつれてくる。

少佐　いきなり、ずばり訊くほうがずっと簡単じゃないかな？

いらいらと、それには答えず、教授は留置人の列の方へ行く。

教授　このなかに、偽造の身分証明書を携行していることを、いまここで認める者はおるか？

沈黙。

そうか。つまり、みんな正真正銘のフランス人というわけか？

沈黙。老ユダヤ人のところへ行き、かがんで顔をのぞきこむ。

お前たちのなかにユダヤ人はおらんか？

沈黙。それから少佐の方をむく。

問題ですな、これは、少佐。一軒一軒、身の上ばなしをきいて回るか、この調査を続けるかだ。

少佐　しかし、さっき電気技師が言ったことは――もっともだと思うんだ。じじつ、つい今朝がた、病院でレントゲンの順番を待っていると、もう一人の将校、れっきとしたドイツ軍の将校で、大尉だが――ふとしたはずみでバスローブの前がはだけた……

教授　それはあり得ることだ。
少佐　絶対に間違いなかったんだ、教授。
教授　はっきりさせておこう、少佐。人種学会は割礼の痕跡をユダヤ系の決定的証拠とは言っていない。人種学会は認める、ユダヤ人以外でも少数の者が……
少佐　別に隠すこともない、教授——それは、わたし自身のことだ。
教授　結構。しかし、わたしがあなたをユダヤ人と間違えるようなことは絶対にないよ。たとえ豚と馬とをとり違える者がいても。科学に気まぐれは許されない、少佐。わたしの学位は人種人類学だ。いずれにせよ、この種の調査によって非ユダヤ人は確かに識別できる。

彼は少佐の腕をとり、一緒に事務室へもどろうとする。

少佐　失礼。すぐもどる。（行きかけて）わたしぬきでやってくれても結構。
教授　あなたは命令を受けた、この作戦の指揮官だ。わたしのそばにいてくれなくては困る。
少佐　何かの間違いだと思うんだ。わたしは兵科の将校で、この種のことには経験がない。わたしが受けたのは、工兵と砲兵の訓練だ。

短い間。

教授　(前よりもおだやかに話すが、目はぎらぎらしている) 率直に話しあった方がよさそうだ。あなたはこの任務を拒否されるのか？

少佐　(自分が脅かされているという感じを顔にあらわし) 今日はつらいんです、教授。まだ破片を取りださなければならないし。じじつ、この仕事を親衛隊の将校が引きつぐまで……あずかっていればいいと考えていたんです。なんといったって、まあ、正規の陸軍からの出向みたいなものだし。

教授　(彼の腕をとり、また舞台の前端まで引っぱって行く) しかし陸軍といえど、人種計画の遂行を免除されてはいない。わたしの命令は上層部からのものだ。わたしの報告は上層部へいく。わかるね。

少佐　(抵抗する気持はなくなったようだ) ええ、わかりましたよ。

教授　でも、解任をお望みなら、すぐにも電話を将軍フォン——

少佐　いや、いや、結構……すぐ戻ります。

教授　変っていますな、少佐――どれくらい待てばよろしいんで？
少佐　（怒りが爆発しそうになるのをこらえて）歩く必要があるんです。事務室に坐っているのに慣れていない。別に変ってはいないと思いますがね。兵科の将校だから、こんな仕事にはすぐなじめないんです。（舌打ちするように）そのどこが変っているんですか？
教授　いや、結構。

短い間。

少佐　十分したら戻ります。やっていて下さい。
教授　あなたがいなければ続けない。陸軍の責任は、わたしの責任と同様、大きいはず。
少佐　すぐ戻ります。

教授はくるっと回り、大股で事務室へはいり、音をたててドアをしめる。ひどく外へ出たくなり、少佐は廊下の方へ行く。少佐が自分の前を通るとき、ルデュックが立ちあがる。

ルデュック　少佐……

少佐はふり向きもせず、足を引きずりながらその前を通り、廊下の奥へと去る。沈黙。

少年　ねえ？

ルデュックは彼の方をむく。

ルデュック　（モンソーとルボーに）きみたちはどうだ？　一緒にやってみるよ。

ルボー　なんと言われようと、こう腹がへっていては、お役に立ちそうもない。

ルデュック　奴のところに歩いていって、議論をはじめればいい。注意をそらすんだ。そのときわれわれが……

モンソー　二人ともどうかしてるぜ、射殺されるのがおちだ。

ルデュック　われわれの誰かがうまくいくかもしれない。出入口にいるのは一人だけだ。このあたりは路地がいりくんでいるから、二十ヤードも行けば姿を消せる。

モンソー　どれくらい自由でいられるかな――一時間か？　つかまれば、今度は八つ裂きだ。

少年　そうだ！　ぼくは逃げなければ。質屋へ行く途中だったんだ。（指輪をとりだす）母さんの結婚指輪なんです、残ったものはこれだけです。母さんはこのお金を待っている。うちには食べる物がなんにもないんです。

モンソー　悪いことはいわない、おとなしくしていろ、出してくれるさ。

ルデュック　あの電気技師みたいにか？

モンソー　あいつは明らかにコミュニストだった。それに給仕人は署長を怒らせた。

ルボー　よし、一緒にやってみよう、だが、あまり当てにしないでくれ。おれはひよっ子みたいに弱っているんだ、きのうから何も食っていないものな。

ルデュック　（モンソーに）もう一人いたほうがよさそうだな。この子は軽い。きみとこの子があいつに襲いかかれば、おれが奴の銃を奪う。

フォン・ベルク　（ルデュックに、自分の両手を見つめながら）すまないな。

モンソー　（飛びあがり、箱のところへ行き、坐る）むだに命を賭ける気はないね。あの実業家はユダヤ人の顔つきをしていた。（ルボーに）自分でもそう言ったろう。

ルボー　（ルデュックに、なだめるように）言ったよ。そう思ったから。まあ、証明書さえちゃんとしていりゃ、きっとそれでいいんだ。

ルデュック　（ルボーとモンソーに）知っているように、ドイツ軍は南部地帯に入って来て、ユダヤ人をつかまえているんだ。誰かがあやしいといえば、それで破滅なんだ。

モンソー　（フォン・ベルクを指さし）この人はつかまった、誰も何も言わないのに。

フォン・ベルク　わたしのはなまりが……

モンソー　公爵さん、よほどの馬鹿でなけりゃ、あんたが上流階級のオーストリア人だったことはわかるよ。おれだって、入ってきたとたん貴族だってわかった。

ルデュック　しかし、一般的な身許照合なら、なぜペニスなんか見るのかね？

モンソー　そんな証拠はない！

ルデュック　あの給仕の店のおやじが……

モンソー　（神経質な叫び声を抑えて）立聞きしただけだ、ポーランドで何が起っているか知りもしない二人の刑事の話を。それに、そうだからといって、別に終りじゃない——パリでは旅券にユダヤ人のスタンプを押されたが、シラノ（訳註9）をやっていられた。

フォン・ベルク　ほう！　シラノを！

ルボー　じゃ、なぜパリをはなれたんだ？

モンソー　とんでもない馬鹿なことがあってね。ユダヤ人でないもう一人の役者と部屋を借りていて、そいつは逃げたほうがいいとよく注意してくれたんだが、そんな大役をおりる気にはなれない。ところがある晩、そいつに言われたことが気になりだしたんだ。彼は言うんだ、おれが禁断の書を（訳註10）――コミュニスト文学の本をたくさん持っている――まあ、シンクレア・ルイスとか、トーマス・マン（訳註11）のたぐいだな。フリードリッヒ・エンゲルス（訳註12）も少しはあったが、こんなもの、一度は誰だって読むさ。でも、こういうのは捨てたほうがいいなという気になったんだ。そこで二人していくつも包みにして、エレベーターなしの五階に住んでいたから、えっちらおっちら持っており、ベンチか、玄関先かどこかに置いてくるつもりだった。真夜中すぎだったな、包みの一つをオペラ座近くのドブに放りこんだとき、一人の男が戸口に立っておれを見ているのに気がついた。その瞬間、どの本にもおれの名前と住所がスタンプで押してあることを思いだした。

フォン・ベルク　ははあ！　で、どうしました？

モンソー　歩きだして、まっすぐこの非占領地区へやって来た。（悔恨の叫び）考えてみれば、何にもしなかったら、今でも舞台に立てたものを！

ルデュック　（さらにせきたてるように、しかし深く同情して、モンソーに）ちょっと聞いてくれ。頼む。戸口には一人しか見張りはいない。こんなチャンスは二度とこない。

ルボー　それは違うな。事が重大なら、もっと厳重に見張るんじゃないかな？　そこが問題だ。

ルデュック　たしかに問題だ。彼らはおれたちにまかしているんだ。

モンソー　まかす？

ルデュック　そう。われわれの理性的な考え方を計算に入れている。手薄な見張りは、事態が重要ではない、という理屈になる。彼らはわれわれのこういう論理を当てにして、おれたちを金縛りにしているのだ。自分でも今いったじゃないか、禁書を持っていると、パリじゅうに宣伝して歩く結果になったと。

モンソー　わざとやったわけじゃない。

ルデュック　パリに残る緊張感に耐えられなかったのではないかな？　シラノの役はやりたいけれど、自分のいのちは何としてでも救いたいという衝動にかられた？　きみを救ったのは、無意識な心の動きさ。わかるね？　この状況の理性的な分析なんかで、いのちを賭けられるわけはない。自分の気持にきいてみることだ、きっとこの場の危険を感じているに違いない……

モンソー　（ひどく不安になってきて）ドイツで芝居をしたんだ。あの観客が役者を焼却炉でやくはずがない。（フォン・ベルクの方をむいて）公爵、そんなこと、信じられないやね！

フォン・ベルク　（間のあとで）わたしは小さなオーケストラを後援していた。ドイツ軍がオーストリアにはいって来たとき、三人の音楽家が逃げだそうとした。わたしは危ないことはないからと説得し、自分の城へつれて行き、一緒に住んだ。オーボエの奏者は二十歳《はたち》か二十一で——心が洗われるような音色をだすこともあった。ドイツ兵は彼を探しに庭に入ってきて、椅子から引っ立てていった。楽器が骨のかけらのように芝生にころがっていた。あとで調べてみたんですが、もう死んでいた。そして、それよりも恐ろしいのは——彼らがやって来て、リハーサルが終るまでじっと坐って聞いていたことです。それから連行したのです。まるで、彼の最も美しい瞬間をねらって引っとらえるかのように。あなたの気持はわかりますけど、もはや聖域なんていうものはないのです、何も。（目に涙がうかぶ。ルデュックの方をむき）許してください、ドクター。

間。

少年　あなたは出してもらえるの？

フォン・ベルク　（すまなそうに少年を見て）多分ね。これがユダヤ人をつかまえるだけのことだったら、出してくれるだろう。

少年　この指輪、持っていてくれる？　母さんに返してよ、ね？

彼は指輪を持った手をさしのべる。フォン・ベルクはそれにふれようとしない。

シャルロ街九番地。一番上の階。イルシュ。サラ・イルシュ。母さんは茶色の長い髪をしています……間違えないでね。こっちの頬に小さなホクロがあるから。そのアパートには他に二家族もいるから、よく確かめてね。

フォン・ベルクは少年の顔をのぞきこむ。沈黙。彼はルデュックの方をむく。

フォン・ベルク　さあ。どうすればいい。手伝うよ。（ルデュックに）ドクター？
ルデュック　どうも、絶望的ですな。
フォン・ベルク　なぜ？
ルデュック　（前を見つめ、それからルボーを見る）彼は空腹で弱っているし、少年は羽のように軽い。わたしは逃げたかった、殺されたくないから。（間。苦い皮肉をこめて）わたしは田舎に住んでいて、長いこと、誰とも話さなかった。どうも、とんだ思い違いをしてここに入ってきたらしい。
モンソー　おれを誘いこむつもりなら、やめてくれ。
ルデュック　一つだけお聞きしたい、きみは信仰をもっているか？
モンソー　全然。
ルデュック　では、なぜ犠牲になってもよいと感じるのだ？
モンソー　もう話しかけるのはやめろと言っているんだ。
ルデュック　しかし、きみは手をこまぬいて自分で犠牲になろうとしている。ここでは丈夫そうなのはきみだけだ、わたしのほかは。それなのに何かやろうという気にならないのか？　その自信ありげな態度がわからん。

間。

モンソー　柄に合わん役をやるのはことわる。きょうびは誰もが犠牲《いけにえ》を演じている。絶望し、ヒステリックになり、いつも最悪の場合を考えている。ぼくには証明書がある、それを見せてやる、文句のつけようのないものだと信じて。あの実業家が助かったのは、それだと思う。あんたは、ドイツ人がでっちあげた役を、おれたちが演じると非難するけれど、それをやっているのは、あんたの方だぜ、しかもせいぜい絶望的な演技でもって。

ルデュック　もし、きみの演技もむなしく、貨物列車の中へ放りこまれたとしたら？

モンソー　そんなことにはならないね。

ルデュック　だが、もしそうなったら。想像力を働かして、とくとその時のことを思いうかべることだ。

モンソー　そうなれば、最善をつくすさ。失敗がどんなものか、知っている。認められるまでに長いことかかった。おれは主役って柄ではない。いつまでも役者を続けるなんて、気違いだと言われた。だが、やりとげた、おれの根性を見せてやった。

ルデュック　つまり、自分をつくりだせる。

モンソー　役者は誰だって自分をつくりだすのさ。

ルデュック　だが、奴らがズボンの前ボタンをあけろといったら。

モンソーは激怒し、沈黙する。

やめないでくれ。とても興味があるんだ。その時はどうする？

モンソーは沈黙したまま。

いや、ただ知りたいだけなんだ。わたしはそんな受身の態度には徹しきれない。前をあけろと命令されたとき、どんな気持になるかと訊いているのだ。個人的な感情をはなれ、科学的なこととして知りたいんだ――わたしはどうせ殺されるだろうが。股のつけ根をさされたとき、どうなると思う？

間。

モンソー　別に言う気はないね。
ルボー　おれが言おう。（フォン・ベルクを指さし）おれなら、彼になりたいと思うな。
ルデュック　他の人間にね。
ルボー　（疲れきって）そう。間違って逮捕されたい。おれが無実だと知って、奴らのほっとする顔が見たい。
ルデュック　だとすると、身におぼえはあるわけだ。
ルボー　（次第に疲労の極限に達してくる）まあね。何かをやったというわけではないが……なぜだか判らん。
ルデュック　ユダヤ人だからだろう、多分。
ルボー　ユダヤ人だからって、別に恥ずかしくはない。
ルデュック　では、なぜ、やましさを感じるのかね？
ルボー　わからん。きっと、奴らがのべつおれたちのことを悪しざまに言いつづけ、それに答えられないからさ。何年も何年もそれをやられてみろ……そう思うまいとしても……なんとなくそんな気になるのさ。おかしなものだな――あんたが今いっているようなことを、おやじやおふくろによく言ったものだ。ドイツ軍の侵入の一カ月前に、アメリカに行けたんだ。ところが二人とも、パリを離れたがらない。おふくろは真鍮のベッドとか、敷物とか、カーテンとか、そういったガラクタに未練がある。やっこさんのシラノと同じだ。両親に言ってやった、「奴らの思うつぼにはまるんだぞ!」って。だけど、人間て、自分が殺されるなんて思ってもみないんだ。真鍮のベッドや敷物や面子があると……

ルデュック　で、きみはそう思っているのかね? そうとは見えないが。

ルボー　思っているさ。けさ捕まったのはだね、ただおれに以前……朝仕事にかかる前に散歩に出る習慣があったからさ。それをまたやりたくなった。出かけてはならんということは知っていた。でも、真実を知ってはいても、うんざりするのさ。物事がはっきり見えていても、飽きがくるのさ。(間)ぼくはいつも朝のうちに幻想をあつめる。見た物は決して描かない、想像したものだけを描くのだ。今朝は、危険があろうとなかろうと、どうしても外に出なければならなかった。歩きまわって、何か現実のもの、自分の頭のなか以外にあるものを見たくなった……そして角を曲るか曲らないうちに、あの科学者づらをした野郎が車から出てきて、指をおれの鼻の方へ突きだし……(間)おれは死ねると思う。まあ、うんざりしてくると……

ルデュック　死ぬのも悪くはないか。

ルボー　まあ、そうだな。

ルデュック　（一同を眺めやって）どっちみち、幻想があろうとなかろうと、疲れていようと元気でいようと——われわれは死ぬようにしむけられてきたのだ。ユダヤ人も、そうでない連中も。

モンソー　まだぼくを巻きこもうとしているね、ドクター。自殺したけりゃ、するがいい。なにも他人を道連れにすることはない。世の中には法律というものがあり、どの政府もそれを執行するということさ。こんなおしゃべりはぼくには何の関係もないんだということを判ってもらいたいね。

ルデュック　（怒って）どの政府だって、人種によって人を断罪する法律など、持ってはいない。

モンソー　失礼ながら、ロシヤ人は中産階級を断罪するし、イギリス人はインド人やアフリカ人や、その他手あたり次第断罪する。フランス人も、イタリア人も……どこの国も人種を理由に誰かを罪にする、アメリカ人の黒人に対する仕打ちだってそうだ。人類の大多数がその人種ゆえに迫害されている。こういう人たちに、何を助言するね——自殺か？

ルデュック　きみなら何を助言する？

モンソー　（確信を求め見つけようとしながら）威厳をもって法律に従えば、平和に生きられると考えてやっていくね。おれは法律を好かんかもしれない、だが明らかに大多数の者は好きだ、さもなきゃ、そんなものはぶちこわしているはずだ。いま言っているのはフランス人の大半のことだ、この町では五十対一で、数の上ではドイツ人を圧倒している。これはフランスの警察だよ、ドイツのではない。だから、たとえ万一あの見張りをやっつけたって、千人に一人もこの町じゃあんたを助けてくれやしないぜ。ユダヤ人だろうとなかろうと、そんなことは関係ないんだ。それが世の中というものだ、夢みたいなことを並べたてて人を挑発したり侮辱したりするのは、やめたらどうだね！

ルデュック　つまり、世間は無関心だから、静かに、威厳をもって待ち――前ボタンをあけるというわけか。

モンソー　（ぎょっとし、怒り、立ちあがる）ようし、それなら言ってやる、おれたちをこんな目にあわせているのは、あんたみたいな連中だ。ユダヤ人に不穏分子の名をきせ、やれユダヤの律法（訳註13）ではどうだとか、いつもぐずぐず不満を並べている連中さ。

ルデュック　じゃ、こっちも言ってやろう、さっきはわたしの間違いだった。きみはパリを逃れ、わが身を救う理由を見つけるために、禁じられた本に自分の名前を広告したのではない。とっつかまって、自分の惨めさから抜けだすためだったのだ。きみの心は占領されてしまったのさ。
モンソー　その言葉、おぼえていろよ。
ルデュック　占領地か！　（前にかがみ、頭をかかえる）
少年　（フォン・ベルクに指輪を渡そうと手を伸ばし）してくれる？　シャルロ街九番地？
フォン・ベルク　（深く心を動かされ）やってみよう。
彼は指輪を受けとる。少年はすぐに立ちあがる。
ルデュック　どこへ行くのだ？
少年は、怖いけれど必死の思いで、忍び足で廊下の方へ行き、曲り角のあたりをのぞく。ルデュックが立ち、彼を引きもどそうとする。
無理だ、三人いなければ……

少年はふりほどき、足速に玄関口の方へむかう。ルデュックはためらい、それから少年のあとを追う。

待て！　ちょっと待て！　おれも行く。

少佐が廊下の一番奥のはずれにあらわれる。少年はとまる。ルデュックは彼のそばに行く。ちょっとの間、二人は少佐と向き合って立つ。それから、きびすを返して廊下をもどり、腰をおろす。少佐はそのあとについてくる。彼はルデュックの袖にさわる。ルデュックは立ち、彼のあとについて舞台前方にくる。

少佐　（彼は〈ご機嫌〉である――酔いと気が晴れたせいか）無理だよ、やったって。両方の角に歩哨がいるんだ。（事務室のドアに目をやり）おい、大尉、これだけは言っておこう……これはおれにとっても思いもよらないことなのだ、お前さん同様。信じられるか？

ルデュック　あんたがピストル自殺でもすりゃ、信じるがね。ついでに奴らを二、三人、道連れにしてくれれば、なおいい。
少佐　（手の甲で口を拭い）あすの朝までには、ちゃんと代りが来ているさ。
ルデュック　だけど、おれたちは生きて出られるんだぜ。やってみてくれんか。
少佐　すぐ見つかるさ。
ルデュック　おれは違う。
少佐　（なぶるのを楽しむように、しかし本当は知りたくて）なぜ、おれよりお前のほうが生きる価値があるのかね？
ルデュック　あんたが今しているようなことは、おれにはできないからさ。あんたよりもおれのほうが、世の中の役にたつ。
少佐　このことでおれが心に痛みを感じていても、何の意味もないというのか？
ルデュック　まったく無意味だね、ここからおれたちを出してくれないかぎり。
少佐　出したら、どうなる？　どうなるんだ？
ルデュック　りっぱなドイツ人、名誉あるドイツ人として、いつまでも忘れない。
少佐　そんなことが大したことかね？
ルデュック　生きている限り、あんたを愛する。今どき、そんなのがいるかね？
少佐　そんなことが大事なのかね――誰かがお前を愛するなんてことが。

ルデュック　おれが誰かの愛に値すれば、そうだ。それに尊敬されれば。

少佐　おどろいたね。何にもわかっておらん。その種のことは、もうこの世には残っていないのだ。まだ判らんのか？

ルデュック　おれの中には残っている。

少佐　（これまでよりも大きな声で——怒りがこみあげてくる）もはや個人は存在しない、わからんのか？　二度と個人が存在することはない。お前に愛されたって、何になる？　気でも狂っているのか？　おれは何だ、愛されなければならぬ犬か？　この——（一同の方をむき）——ユダヤ人の畜生ども！

ドアが開く。教授と署長があらわれる。

犬畜生、ユダヤ犬だ。奴を見ろ——（老ユダヤ人をさし）——手など組みやがって。見てろ、今どなりつけてやるから。犬！　動きもしない。どうだ？　動いたか？（教授のところへ大股で行き、彼の腕をつかむ）だが、おれたちは動く、そうだな？　きさまたちの鼻をはかる、そうだな、教授殿、お前たちのペニスを見るし、いつも動きつづけている！

教授　（中へ引っぱりこむ身振りをして）少佐……
少佐　放せ、このクソ野郎、民間人のくせに。
教授　ともかく……
少佐　（拳銃をぬき）うるさい！
教授　酔っているんだ。

少佐は天井にむけて発射する。囚われ人たちはショックで緊張する。

少佐　これですべてが止まる。

彼は考えこみ、拳銃の撃鉄をおこしたまま手に持ち、歩いてルボーのそばに坐る。

これで万事とまる。

彼の手はふるえている。彼は鼻をすすり、落着かせようと足を組む。そしてまだ立っているルデュックを見る。

少佐　さあ、言え。おれに言ってみろ。今は何にも動いておらんぞ。言え。続けろ。

ルデュック　何を言うんだね？

少佐　言ってみろ……まだ個人の存在が可能かどうか。この拳銃の先は貴様を狙っている——（教授をさし）——奴はおれを狙っている——そして誰かが奴を狙っている——誰かが他の誰かを狙っているんだ。さあ、言え。

ルデュック　もう言ったよ。

少佐　おれは他言はせぬ。名誉を重んじる男だ。それをどう取るね？　さっきおれに何をしろと言ったか、連中には話さない。どうだ——りっぱな男だろう、え……告げ口せんのだから？

ルデュックは沈黙する。少佐は立ちあがり、ルデュックのところへ行く。間。

ルデュック　そう。

お前は第一線の戦闘部隊の将校だな。

少佐　後方でドイツ当局に対して破壊活動をしたことはないな。
ルデュック　ない。
少佐　お前が釈放され、ほかがそのままなら……拒否するか？
　　ルデュックはそっぽをむいて行きかける。少佐はピストルで小突き、自分の方をむかせる。
　拒否するか？
ルデュック　いいや。
少佐　心も軽くあのドアから出ていくか？
ルデュック　（じっと床を見つめている）わからん。（ふるえる両手をポケットへ入れかける）
少佐　手をかくすな。貴様がおれよりも世の中の役にたつというのは、なぜだ、知りたいのだ。なぜ手をかくす？　いそいそとあのドアから出て女のもとへ駆けつけ、無事を祝って一杯やりたいってわけか？……なぜ貴様が他の連中より、ましなのだ？
ルデュック　おれはお前さんのサディズムのいけにえになる義務はないのだ。

少佐　じゃ、おれはどうだ？　他人のサディズムの……いけにえじゃないというのか？

おれには義務があって、お前にはないのか……いけにえにされる？

ルデュック　（教授と署長を見、それから少佐に目をもどす）何も言うことはない。

少佐　それなら結構。

彼はルデュックにまるで友達同士のような一押しをくれ、笑いそうになる。拳銃をしまい、よろけながら教授の方をむき、勝ち誇ったように叫ぶ。

つぎ！

少佐は教授のそばをかすめるようにして事務室へはいる。ルボーは動かない。

教授　こっちだ。

ルボーは立ちあがり、寝ぼけたように廊下の方へ行きかけ、回れ右をして事務室へはいって行く。教授があとに続く。

署長　（ルデュックに）もとへもどれ。

ルデュックは自分の席にもどる。署長は事務室へはいり、ドアがしまる。間。

モンソー　満足かね？　奴を怒らせてしまって、ご満足かね？

ドアが開き、署長が姿をあらわし、モンソーに合図する。

署長　つぎ。

モンソーはただちに立ちあがり、上衣から書類をとりだし、にっこり微笑をうかべ、胸を張って優雅に署長のところへ行き、軽くお辞儀をする。その声は明るい。

モンソー　おはようございます、署長。

彼はすぐに事務室へはいる。署長が続き、ドアがしまる。間。

少年　シャルロ街九番地です。お願いします。

フォン・ベルク　お母さんに渡してあげるよ。

少年　ぼくは未成年者です。十五歳にもなっていない。未成年でもやられるの？

署長がドアを開き、少年に合図する。

少年　（立って）ぼくは未成年です。二月で十五です……

署長　中へ。

少年　（署長の前で立ちどまり）出生証明書を出してもいいですよ。

署長　（彼を押しやり）はいれ、中へ。

二人は入る。ドアがしまる。アコーディオンがまた隣りから聞こえてくる。

老ユダヤ人が前後に軽く体をゆすりながら、小声で祈る。フォン・ベルクは頬をなでおろすが、手がふるえている。彼は老ユダヤ人を見つめる。それから反対側にいるルデュックの方をむく。残っているのは三人だけである。

フォン・ベルク　（老ユダヤ人について）どういうことになるのか、わかっているのだろうか？

ルデュック　（いらいらした、怒ったような調子で）わからんはずはないだろう。

フォン・ベルク　遠い星の世界から眺めているようにも見えるな。（短い間）もっと別な状況でお会いしたかった。いろいろお訊きしたかったことがあるのに。

ルデュック　（急いで——すぐにも呼びだされそうだと感じて）お願いがあるんですが。

フォン・ベルク　いいですよ。

ルデュック　妻に伝えてくれませんか？

フォン・ベルク　どこにお住みかな？

ルデュック　国道を北へ二キロ行くと、左手に小さな森が見える。そこへは鋪装していない道が通じていて、一キロほどで川に出る。川ぞいにくだると、小さな水車があり、そのうしろの道具小屋にみんないます。

フォン・ベルク　（困ったように）で……何をいえばいいのです？

ルデュック　わたしが逮捕されたこと。そして何とかなりそうな可能性も……（言葉を切る）いや、本当のことを話してください。
フォン・ベルク　（びっくりして）どういう？
ルデュック　焼却炉です。言ってやってください。
フォン・ベルク　だって、それはまだ……噂だけでしょうが？
ルデュック　（彼の方をむき、鋭く）噂とは思わない。これは知らせなければいけない。前には聞いたことがなかった。だから知らせなければならない。妻だけを脇へ呼んで——子供たちに聞かせる必要はないけれど——言ってやってください。
フォン・ベルク　むつかしいですな。女の人にそんなことを話すなんて。
ルデュック　現に起っていることなら、なんとか言えるでしょうに、ね？
フォン・ベルク　（ためらうが、ルデュックの憤りを感じとって）よろしい。やってみましょう。ただ、どうも……ご婦人は苦手なもので。でも、おっしゃるようにしましょう。（間。ドアを見やり）少し手間どりますな、あの少年。きっと、子供すぎるのかもしれないな？

ルデュックは答えない。フォン・ベルクは急に希望を見いだしたようにみえる。

ルデュック　彼らは規則には忠実ですよ……じじつ、医師は不足しているのだから、あなたもひょっとすると——（言葉を切る）失礼、お気にさわるようなことを言ったのなら。

ルデュック　（怒りとたたかいながら）いや、いいんです。

短い間。彼の声は怒りでふるえている。

フォン・ベルク　あなたは少しでも希望を見つけようとしてくださるが、少し無理ですな。ええ、わかります。ご免なさい。

間。ルデュックはドアを見やる。彼は緊張のあまり、落着いて坐っていられない。

ルデュック　何かほかの話をしましょうか？　音楽は……お好きですか？

ルデュック　（懸命に自制しようとしながら）まったくもって単純なことだ。あなたは生き残れるんだ。

フォン・ベルク　だからといって、どうしようもありますまい？

ルデュック　だから困るんです！　失礼、人間て、なかなか感情を抑えられないものですね。

フォン・ベルク　ドクター、わたしにしたって――ここから出ていくのは、簡単じゃないんですよ。そこをご存じない。

ルデュック　（答えまいとする。それから）簡単だからこそ、むずかしいんでしょうね。

フォン・ベルク　それはひどい。

ルデュック　まあ、いいでしょう。

フォン・ベルク　そうはいかない。わたしは……オーストリアでいっそ自殺しようかと思った。実は、だから国を離れたのです。わたしの音楽家たちが殺されたとき――それだけではありません、そのことを多くの友人に話しても、ほとんど反応がない。それがこたえた。こんな無関心さを理解できますか？

ルデュック　（思わず怒鳴りたい気持である）人間性について珍しい考えをお持ちですな。こんな時代に、それでよくやっていけますね。

フォン・ベルク　（手を胸にあてて）だが、理想を捨てたら、何が残ります？　何があります？

ルデュック　誰のことを言っているのです？　あなたですか？　それともわたし？

フォン・ベルク　これは失礼……わかりました。

ルデュック　もうしゃべるのはやめてください。聞く気になれませんよ。（短い間）失礼。あなたの気持は感謝します。（短い間）多分、はっきり見えすぎるのでしょう――わたしはこういう連中の頭のなかの狂暴さを知っている。善意から出たにせよ、そんな世直しのような話は聞く気になれませんな。

フォン・ベルク　別に世直しなんてつもりは――

ルデュック　いや、なさるがいい、しなければならない、あなたは生き残るんだから、よくしなければならない、わずかでも、ほんの少しでも。別に責めているのではない。（短い間）しかしね、腹だたしいのはこれなんですよ。だってこういう苦しみがみんな無駄なんですよ――教訓にもならないし、意味も持ちえない。だから、永遠に今後もくり返されていくでしょう。

フォン・ベルク　ほかの者がその苦しみをわかち持つことができないから？

ルデュック　そう。誰もわかち持つことができないから。それは、全き一つの、絶対的な不毛なのです。

彼は急に前へかがみ、恐怖に抗して平静を保とうとする。彼はドアを見やる。

おかしなことだ――じれったくなってくるなんて。

意外さと自分に対する怒りで頭をふり、うめくような声を出す。

フォン・ベルク　ふん！――なんという悪魔だ、奴らは。

フォン・ベルク　（親しげな響きをこめて）これでわかったでしょう、わたしがなぜウィーンをすてたか。彼らは死を魅惑的なものにするのです。最悪の罪です。わたしは夜、よく夢を見た――ヒトラーが長い大きな外套を、まるでガウンのようにきて、女のように、美しかった。

ルデュック　やはり――焼却炉のことは妻に言わないでください。

フォン・ベルク　それを聞いて、ほっとしましたよ、意味のないことだから……

ルデュック　（自分が考えていたことに気がつくと苦悩がたかまってくる）いや、それは……それは……じつは捕まるはずはなかったんです、いい隠れ場所をもっていたから。絶対に見つかりっこのない。だが、妻が歯の神経をやられたので、鎮痛剤を手に入れてやろうと思いました。逮捕されたとだけ言ってください。

フォン・ベルク　奥さんはお金は十分お持ちですか？

ルデュック　なんなら、その面で助けてやってください。ありがとう。

フォン・ベルク　お子さんは小さい？

ルデュック　二つと三つ。

フォン・ベルク　それはひどい、全くひどい。（怒りのまなざしをドアにむける）わたしが彼に何か提供するとしたら、どうでしょう？　金はかなり都合つきます。ただ、人間というものをよく知らないので。ひょっとして理想主義者だったりすると、かえって怒らせることになりかねない。

ルデュック　さあ、それはやってみないことには、なんとも――

フォン・ベルク　まったく、万事がさかさまだ――相手が金で動く皮肉屋であってくればいいと願うなんて！

ルデュック　いや、当然ですよ。われわれは理想主義の代価を思い知らされたんだから。

フォン・ベルク　それでも、人は理想のない世界を望むでしょうか？　それがつらいところです――何を望むべきか、わからないことが。

ルデュック　(怒って) ぼくにはわかっていた、けさ道路を歩いてくるとき、無分別なことだと！　たかが虫歯のために！　二、三週間眠らなくったって何だ！　あんな危ない真似はすべきではなかった！

フォン・ベルク　ええ、でも、愛していれば……

ルデュック　もう愛し合ったりしていませんよ。こういうご時勢だから、別れるのがむずかしいというだけです。

フォン・ベルク　それはひどい。

ルデュック　(前よりもおだやかに、新しい考えがうかんで) ねえ……焼却炉のことは……あれには言わないでください。一言も、どうか。(自己蔑視の念をこめて) あ、こんな時に——妻に復讐してやろうと思うなんて！　人間の屑だ！　(絶望のあまり、とり乱しそうになる)

間。フォン・ベルクはルデュックの方をむく。目には涙がうかんでいる。

フォン・ベルク　何にもないんですか？　あなたには、何にもないんですか？

ルデュック　(急に怒りだす) 今さらどうしろというのだ？　失礼、いったい何のことを言っているのです？

ドアが開く。教授が出てきて、老ユダヤ人に合図する。教授は、おそらく事務室でやり合った議論のせいだろう、動揺しているようだ。

教授　つぎ。

老ユダヤ人は彼の方をむかない。

聞こえんのか、なぜ坐っている？

彼は大股で老ユダヤ人のところへ行き、荒っぽく立たせる。老人は足もとの包みを取ろうと手をのばすが、教授はそれを床に押しもどす。

置いていけ。

言葉にならない叫び声をあげて、老ユダヤ人は包みにすがりつく。

はなせ！

教授は老ユダヤ人の手をなぐるが、彼は無言の叫び声をあげて、いっそう強く抱えこむばかりだ。教授が包みを引っぱったとき、署長が出てくる。

はなすんだ！

包みが裂ける。白い羽毛が一面に舞いあがる。一瞬すべてが静止し、教授はあっけにとられて、ひらひらおりてくる羽毛を見つめている。羽毛がおさまったとき、少佐が戸口にあらわれる。

署長　くるんだ。

署長と教授は老ユダヤ人を立たせ、少佐のかたわらを通りぬけて、事務室へ連れこむ。少佐は生気のない目で羽毛を見やり、足を引きずって中へはいり、うしろ手にドアをしめる。ルデュックとフォン・ベルクは羽毛を見つめる。そのうちのいくらかは二人の上にも落ちている。彼らは黙ってそれを払う。ルデュックは最後の一つを上衣からつまみ、指を開いてそれを床におとす。沈黙。不意に短い爆笑が事務室のなかから聞こえる。

間。

フォン・ベルク　（非常に言いにくそうに、ルデュックを見ずに）あなたとは友情をもって、お別れしたいのですが、できますね？

ルデュック　公爵、わたしのような職業では、人間を個々の者としてでなく見る習慣が身についています。わたしが怒っているのは、あなたではありません。心の一部では、ナチスでさえない。わたしは、人間が自分の本性を認める前に生れるべきだったと、腹をたてているのです。人間は今や理性を失い、殺意にみち、理想といえば、良心に何のやましさを感じることなく憎んだり殺したりする権利に対して払う、ささやかな税金だけなのだ。わたしは腹だたしい、それを知りながら、ごまかしている自分が。知識を本当に自分のものにしたり、他人に真実を伝える時間もなかった。

フォン・ベルク　（腹をたて、不安を打消すように熱をこめて）まだ別な種類の理想がある、ドクター。この人殺しに手をそめるより、死んだ方がましだという人たちがいる。現にいるんです。間違いなく。なんでも許されるなんて思わない人間が、愚かで無力だが、事実いるのです。そういう人たちはその伝統を汚すようなことはないでしょう。（必死に）あなたの友情を大切にしたいのです。

ふたたび事務室のなかから笑い声が聞こえる。今度は前よりも大きい。ルデュックはゆっくりとフォン・ベルクの方をむく。

ルデュック　率直に話しましょう、公爵。今は信じないでしょうが、いつかそれを、それが何を意味するか、考えてみてください。わたしが調べた限りでは、一般の白人で、ユダヤ人を、憎まないまでも、心のどこかで嫌っていない者はいないのです。

フォン・ベルク　（耳をぴしゃりとおおい、立ちあがる）そんなことはない。違う、わたしは！

ルデュック　（立ちあがり、彼のところへ行く。声には怒ったような憐れみの調子がある）自分もそうだとわかるまでは、この残虐さからどんな真実が出てこようと、それを握りつぶすでしょうよ。自分が誰かを知ることは、自分が他の誰かではないと知ることとなのです。ユダヤ人とは、そういう他人にあたえる名にすぎないのです。その苦悩をわれわれは感じることができず、その死を平然とうわの空で見守っているのです。誰もがみんな自分のユダヤ人を持っています。それは、他人なのです。ユダヤ人も自分たちのユダヤ人を持っている。そして今、何よりも今こそ、あなたも自分のユダヤ人を持っていることを知らなければならない——死ぬのはその男で、自分ではないと安堵する気持を、立派なあなたといえど持っているのです。だから、何にもないし、これからもないのです——あなたが自分自身の共犯の罪を……人間性を直視するまでは。

フォン・ベルク　わたしは否定します、絶対に否定する。これまで一度として、あなたを非難したことはない。こう言いたいのですか、わたしがこの残虐行為にかかわりがあるとでも！　自殺しようとさえしたのですよ！　この頭にピストルをあてて！

笑い声が聞こえる。

ルデュック　（希望をなくして）失礼。たいしたことじゃありません。

フォン・ベルク　わたしには大事な問題だ。とっても大事な！

ルデュック　（悲しげな淡々とした口調で——しかしその裏にはおぞましさが渦巻いている）公爵、さっきお訊きになりましたね、いとこのケスラー男爵を知っているかと。

フォン・ベルクは彼を見つめる——すでに不安そうに。

ケスラー男爵はナチです。医学校からユダヤ人の医師を一掃するのに一役かったのです。

フォン・ベルクは衝撃をうける。目が落着かなくなる。

ご存じでしたか、そのこと？

半ばヒステリックな笑いが事務室から聞こえる。

どこかで耳になさったはずでしょう、え？

フォン・ベルク　（呆然として、心の中を見つめるように）そう。聞きました。うっかり……忘れていた。そう、彼は……

ルデュック　あなたのいとこだった。わかっています。

彼らは一つに結びついた。ルデュックは、怒りにもかかわらず、自分のためにも公爵のためにも、嘆きたい気持になっている。

いずれにせよ、それはあなたにとって、ケスラー男爵のほんの小さな一部にすぎない。それはわかります。しかし、わたしにとっては、それは全部なのです。あなたが彼の名を口にしたとき、愛情がこもっていた。確かに彼はやさしさもある男で、何かにつけあなたと話が合うのでしょう。しかし、わたしが彼の名を聞くとき、見えるのはナイフです。これでおわかりでしょう、わたしがなぜ言うか、無だ、何もないと――あなたでさえ、わたしの身になって考えられないのだから。あなたでさえもね！　だから、自殺しようとした話を聞いても、別に動かされません。わたしが望むのは、あなたの罪ではない、責任です――それが助けとなったかもしれない。そう、もしあなたが、ケスラー男爵は、一部にもせよ、ある一部、ほんの小さな恐ろしい一部にもせよ、あなたの意志をおこなっていたのだと理解していたら、あのとき何かをすることができたかもしれない。あなたの身分と、名前と、気高さで……自殺など考えなくても！

フォン・ベルク　（恐怖にかられ、顔を上にあげ、叫ぶ）いったい何がわれわれを救ってくれるのか？（両手で顔をおおう）

ドアが開く。教授が出てくる。

教授　（公爵に合図する）つぎ。

フォン・ベルクは振りむこうとせず、おののくような、嘆願するような視線でルデュックを見ている。教授は公爵に近づく。

こい！

教授はやって来て、フォン・ベルクの腕をとる。フォン・ベルクは怒って彼のいまわしい手を払いのける。

フォン・ベルク　手を引っこめろ！

教授はびっくりして手を引っこめ、動かず、立ちつくす。ちょっとの間、自分がもっている権威のことも忘れ、対応する力を失う。フォン・ベルクはルデュックの方をむく。ルデュックは彼を見あげ、温かく微笑し、それから目をそらす。

フォン・ベルクはドアの方をむき、胸ポケットに手をいれ、証明書入れをとりだしながら、事務室のなかへはいる。教授があとに続き、ドアをしめる。ルデュックは、ひとり、動かず坐っている。それから、捕えられた者がするいろいろな動きを始める。生唾をのみこみ、足を組んだり組みかえたりする。また静かになり、前にかがみ、首をのばし廊下の曲り角の方を見て、看守の姿をさがす。足を動かすとき、羽毛が舞いあがる。アコーディオンが外から聞こえてくる。彼は腹だたしげに、足についた羽毛を蹴るようにして払いのける。ある決心をして、すばやくポケットをさぐり、折りたたみナイフをとりだし、刃を開き、立ちあがり、廊下に行きかける。

ドアが開き、フォン・ベルクが出てくる。彼の手には白い通行証がある。うしろのドアがぴしゃりとしまる。彼は通行証を見つめながら、ルデュックのそばを行きすぎる。それから急にふりむき、もどって来て、通行証をルデュックの手に押しこむ。

(よそよそしく怒ったような低い声で、出て行けと身振りで示し)さあ! 行け!

フォン・ベルクは急いでベンチに坐り、結婚指輪をとりだす。ルデュックは彼を見つめる。顔には驚愕の表情がうかんでいる。フォン・ベルクは指輪を彼に渡す。

シャルロ街九番地。行け。

ルデュック　（必死のささやき声で）あなたはどうなります？

フォン・ベルク　（怒ったように、手をふって追いはらう）行け、行くんだ！

ルデュックはあとずさる。罪の意識にかられ、ぱっと両手で目をおおう。

ルデュック　（声には悲痛な訴えるような響きがある）こんなことをしてくれと頼んだのではない！　あなたは別に、こんなことをする必要はないんだ！

フォン・ベルク　行け！

ルデュックは、畏怖と恐怖で目を見開いたまま、急にくるりと回り、大股で廊下を奥の方へ歩いていく。その足音をききつけて、廊下のはずれに看守があらわれる。ルデュックは看守に通行証を渡し、姿をけす。

長い間。ドアが開き、教授があらわれる。

教授　つ……（言葉をきる。あたりを見回し、それから、フォン・ベルクに）通行証はどうした？

フォン・ベルクはじっと前方を見つめたまま。教授は事務室のなかへ叫ぶ。

逃げたぞ！

彼は、叫びながら、廊下を駆けて行く。

署長が事務室から飛びだしてくる。外で口々に命令を叫んでいる声が聞こえる。アコーディオンがやむ。少佐が事務室から急いで出てくる。署長は彼のそばをすりぬけて前へ出る。

逃げた！　逃げたぞ！

署長　どうした？　（フォン・ベルクをかえりみ、事態を察知し、叫びながら廊下を走っていく）誰が通したんだ！　あの男を見つけろ！　どうしたんだ？

外の声は鳴りだしたサイレンによって消される。少佐は署長のあとについて、廊下の手前まで行っている。彼は、ちょっとの間、廊下の奥の方を見たまま、立っている。追跡のため遠ざかっていくサイレンだけが聞こえている。それが消えると、少佐の速い興奮した息遣い、怒った息遣い、信じられないという息遣いだけが残る。

少佐はゆっくりと、じっと前方を見つめているフォン・ベルクの方をむく。フォン・ベルクは向きなおり、彼の方を見る。それから立ちあがる。長い緊迫した瞬間がつづく。少佐の顔は苦悩と怒りでこわばっている。彼はこぶしを握りしめる。二人はそこに、たがいに永遠に理解しえないもののように、相手の目を見つめながら、立ちつくす。

廊下の奥に、新たに捕まった四人の男たちが姿をあらわす。二人の刑事に連れられて、留置場にはいってきて、ベンチに坐り、天井や、壁や、床に散らかった羽毛や、互いに見つめ合っている二人の男をふしぎそうに眺めまわす。

訳註

1　フランス中部にある保養地。第二次世界大戦間は、ドイツとの休戦条約により一九四〇年七月ペタン元帥を首班とするヴィシー政府の首都となった。その後ドイツ軍は一九四二年十一月にフランス全土を占領した。

2　アダムとイブが禁断の木の実を取って食べたため、人間は楽園を追われて労働によって生活しなければならなくなった（旧約聖書「創世記」17章）ことへの言及であろう。

3　パリの北方百三十キロ、ソンム河にのぞむ要衝の地。第一次世界大戦でも激しい戦闘がおこなわれた。第二次世界大戦では一九四〇年五月から一九四四年八月までドイツ軍が占領していた。

4　フランス南部の海港。一九四二年十一月から一九四四年八月まで、ドイツ軍の占領下にあった。

5　フランスの南部、ガロンヌ河にのぞむ商工業都市。

6　一九三五年に発布されたユダヤ人を迫害し追放するための法律。その後、さまざまな関連する法令が施行され、ユダヤ人の人権剝奪、追放、強制移住、虐殺等が〈合法的〉におこなわれることになった。

7　ポーランド南部の町。ドイツの強制収容所があり、少くとも二百五十万人が殺されたという。

8　新約聖書「マタイの福音書」5章13「汝らは地の塩なり、塩もし効力を失はば、何をもてか之に塩すべき。後は用なし、外にすてられて人に踏まるるのみ」。物の腐敗を防ぐ〈地の塩〉から転じて、〈社会の健全な人たち〉の意。

9　エドモン・ロスタン（一八六八〜一九一八）の戯曲「シラノ・ド・ベルジュラック」（一八九七）の主人公。

10　アメリカの小説家（一八八五〜一九五一）。代表作は「本町通り」（一九二〇）、「バビット」（一九二二）、「アロウスミスの生涯」（一九二五）等だが、左翼作家ではない。

11　ドイツの小説家（一八七五〜一九五五）。一九三三年に亡命。代表作は「ブッデンブローク家の人々」（一九〇一）、「魔の山」（一九二四）、「ヨゼフとその兄弟たち」（一九三三〜一九四三）など。

12　ドイツの経済学者、哲学者（一八二〇〜一八九五）。マルクスと共に「共産党宣言」を執筆し、また「資本論」の完成に物質的にも理論的にも寄与するところが大きかった。主著「反デューリング論」（一八七八）、「空想から科学へ」（一八八〇）等。

13 「タルムード」。ユダヤ人の生活や宗教や道徳に関する律法の集大成。

訳者あとがき

「転落の後に」は一九六四年一月、リンカーン・センター・レパトリー・シアターによってＡＮＴＡ（American National Theatre and Academy アメリカ国民演劇およびアカデミー）ワシントン・スクエア劇場で上演された。演出はエリア・カザン、舞台美術はジョー・ミールズィナー、共に「セールスマンの死」以来、十五年ぶりのミラー作品への参加である。ミラーとカザンは一時不仲であったが、この戯曲を読めば、そしてクェンティンの「今はもう他人を責める自信はない」、「おたがいにどっちがいいの悪いのと言い合うのは、もう過ぎたことだ」、「ぼくらは多くの過失をもって生れたのだ。人間は自分を許さなければ」というようなせりふを聞くとき、なぜ和解したか、わかるような気がする。

この劇はクェンティンの〈意識の流れ〉をとおして人間のアイデンティティを追求し、最後には、生きるとは、生き残るとは何かというサーヴァイヴァルの問題を提起している。

クェンティンは初め、愛と信頼の喪失を、両親のあいだに、ミッキーとルウのあいだに見ており、自分を局外においていた。ルイーズやマギーに対しても、自分が神でもないのに、「人もし我に従い来らんと思はば己をすて、己が十字架を負ひて我に従へ」(「マタイの福音書」16章24)という態度をとっていた。しかしやがて生活の挫折を通じて、裏切りや背信の種が自分のなかにもあることを知り、罪の意識が深まっていく。父を理解していなかったことに対する罪――これは「セールスマンの死」のビフとウィリーの関係を思いおこさせる。ルイーズを一個の「別な人間」として認めて扱わなかったこと。リベラルな信念を貫けなかったこと――ルウの自殺を聞いて安堵する。マギーを救おうとして結婚したことの欺瞞と尊大さ。これらすべての罪をまだ十分に罪と感じていないのではないかという罪悪感。これがクェンティンを自責の念にかりたて、〈意識の流れ〉のなかで展開する。

クェンティンは、「るつぼ」のプロクターとおなじく、自分に嘘のつけない、ごまかして生きていけない男である。だが今のアメリカは、セイラムの時代ではない。クェンティンも生命を脅かされることはない。だからこそ彼は、神なき現代における救済と贖罪を求めて、自分を問いつめていく。その行きつく先に、ナチの強制収容所の石の塔があった。重たい歴史が、人間の残酷な歴史が、冷やかにクェンティンを見おろしている。もし魔女狩りが再現したとき、彼はプロクターのように死ねるだろうか。「ヴィシーでの出来事」のフォン・ベルク公爵は、自己に誠実に、死を選んだ、責任をはたすために。だが、クェンティンは？　だから、迷うのである、ホルガのことも。それが解決されなければ、ホルガとのことも先に進みえないのだ。二人が出会ったのは、アウシュヴィッツだった——人間の良心を問う、象徴としての。

作者ミラーは言っている——「この劇は裁きである。一人の人間に対する、彼自身の良心と価値と行為による裁きなのである」（「転落の後に」への序文）

だから、出てくるのである、しきりと問いかけが——「知っているのはそれだけか？」とか、「愛だけで十分なのか？」とか。

ミラーは前掲の「序文」のなかで次のように言っている。ただしこの「序文」は、どういうわけか、戯曲にはつけられておらず、ロバート・A・マーティン編の『アーサー・ミラー演劇随想集』（*The Theater Essays of Arthur Miller, 1978*）におさめられているだけである。

「だんだんに人類を破滅に追いやっている暴力の源泉は、人間と人間性のなかにある」「暴力をつくりだすのは、社会的または政治的理念ではなく、人間自身の本性である」「暴力はなにも民衆や政治体制の専売ではない。すべての暴力的行為の公分母は、人間なのである」

それゆえクェンティンは、強制収容所の塔を見たとき、「共感」さえおぼえ、「怒りで体がふるえると思っていたけど、土のかたまりを呑みこんだみたいだ」と述懐する。そしてさらに、「これは、人間性の狂気の逸脱なんていうものではない。ぼくには、完全に正気な建築師やそれがくゆらすシガーや、昼食の弁当をのんびりつかっている大工や鉛管工たちが容易に見える……みんな良き父、立派な息子たちだが、死ぬのは自分ではない、他人だということで安心しているのだ。このことが理解できるだろうか、自分には罪がないと思っているかぎり？……」という認識に達する。

「ヴィシーでの出来事」でルデュックが強制収容所について、「彼らがドイツ人だから、あるいはファシストだからこんなことをするのではない。人間だからだ」と言うのも、また「人間が自分の本性を認める前に生れるべきだった」と嘆くのも、この認識から出てきている。

「転落の後に」では〈白痴〉という言葉が十四回出てくる。多くは相手を「バカ！　白痴！」と罵るばあいに使われている。しかし愚かな白痴とは、人間であり自分自身ではないのか。ホルガは、その白痴の醜い顔に唇を近づけ、接吻した。だから、人生を自分の手の中につかむことができたのである。

「聖書における最初の真の〈物語〉は、アベルの殺害である。この劇的事件以前には、なんの変哲もない楽園があるだけだった。そのエデンには平和があった――人間は自分を意識せず、セックスの知識も持たず、また自分が植物や動物から別な存在であることを知らなかったから。思うにわれわれは言われつづけているのだ、人間は自分の罪深さを気づくことのなかで〈人間〉になったと。だから〈人間〉は恥ずべき存在なのだと」（「転落の後に」への序文）

「〈聞き手〉は、精神分析医ととる人もいるだろうし、神と思う人もいるかもしれないが、これは地獄の淵に立って自分の経験、本性、時代を見つめなおし、それによってはっきりと把握し――もはや無実ではないのだから――カインや世界との共犯になることを永遠に防ごうとする、クェンティン自身なのである」（同前）

ここに、絶望のなかに希望をもとめようとする、クェンティンの復活がある。無実も絶対ではないと同様、絶望も絶対ではない。そして、「己をすて、己が十字架を負ひて」自分なる〈我〉に従うことがクェンティンの解答なのであった――「人その友のた

めに己の生命を棄つる、これより大いなる愛はなし」(「ヨハネの福音書」15章13)

「転落の後に」は上演に三時間以上かかるが、全体の三分の二はマギーとの関係が中心である。そしてマギーがマリリン・モンローであることは、よく知られている。じじつ、数多く出ているモンローについての本を読むと、マギーとマリリンが重なる部分が多い。この作品に描かれているマギーとクェンティンの関係の大半は、マリリンとミラーのそれと考えてよい。

ミラーと最初の妻メアリー・スラッタリーとは学生時代の友人で、二人は一九四〇年に結婚した。メアリーはハーパーズ・マガジンの校正をしてミラーの生活をたすけ、二人の子供をもうけた。一九四七年に「みんな我が子」を、一九四九年には「セールスマンの死」を発表し、ミラーは劇作家としての地位を確立した。

マリリン・モンローに初めて会ったのは一九五〇年で、ミラーは自作の映画化の件でハリウッドに行き、エリア・カザンに紹介された。ミラーはマリリンに、ニューヨークへ出て演技を学ぶようにとすすめた。その後何回か手紙のやりとりはあったが、ミラーが新しい作品にかかったので、文通もとだえた。一九六三年に「るつぼ」が上演されたが、これを読んだ劇作家クリフォード・オデッツは、「この戯曲は結婚生活がこわれかかっていないかぎり、書けない作品だ」と評した。

一九五五年「七年目の浮気」をとりおえたマリリンはニューヨークに出てミラーと再会し、熱心にアクターズ・スタディオにかよい、リー・ストラスバーグについて演技を勉強した。もっともミラーは、ストラスバーグの精神分析学的教え方には反対であった。治療としての精神分析にもミラーは疑問をもっていた。マリリンはミラーの温かさと友情に惹かれ、「彼は社会における政治的自由の大切さを教えてくれた」と語っている。

一方、ミラーは、「彼女には生れながらの天真爛漫さがある。修羅場にも負けない度胸がある。彼女と一緒にいると、誰もが死にたくなくなる。彼女は女のなかの女、世界で最も女らしい女だ」と言っている。この年の九月、「橋からのながめ」が上演された。この作品でも「るつぼ」でも、テーマではないにせよ、結婚における愛情の破綻と三角関係があり、年輩の男の若い女に対する恋があつかわれている。

一九五六年春、「バス停留所」撮影中のマリリンからミラーに対し、毎日のように電話がかけられた。彼は離婚の手続きのためネバダ州のリノに滞在していたのである。マリリンの「いつ結婚できる？」という問いに、ミラーは「『橋からのながめ』がとじて三万五千ドル入ったが、二つの家庭を維持するとなると、次作までの二年しかもたないだろう」と答えている。

六月に「バス停留所」が完成すると、マリリンはすぐニューヨークへ飛んだ。二人の結婚はもう時間の問題である。そこに一役買おうと乗りだしたのが、下院の非米活動委員会である。世界の人気女優と結婚するアメリカの良心を代表する劇作家――ターゲットとしてこれ以上のものはない。宣伝効果も満点というわけである。

これよりさき一九五四年にミラーは、ベルギーにおける「るつぼ」公演に出席するため旅券を申請したが、かつて共産主義者の運動を支援したことがあるという理由で、国務省から交付を拒否された。そういうわけでミラーは、マリリンとの結婚をひかえ、彼女がローレンス・オリヴィエと共演する映画「王子と踊子」の撮影に同行し、かつ「橋からのながめ」のロンドン公演に出席するため、あらためて旅券を申請していた。非米活動委員会は、これに目をつけたのである。

委員長のフランシス・ウォルターは、マリリンが自分と並んで写真をとらせてくれれば、喚問を中止してもいいとミラーの弁護士を通じて裏取引きに出たが、ミラーはこの茶番をことわった。そして一九五六年六月二十一日に喚問された。

その席上、おなじ委員会に一九五二年に呼ばれて自分が共産党員であったことを告白し、かつ当時の仲間たちの名前をあげたエリア・カザンについて、「あなたはカザン氏を知識人の裏切り者と批判したことがあるか？」ときかれたミラーは、「ノー」と答えた上で、「カザン氏が私の次の作品を演出することにはならないだろう」と述べている。そして一九四七年の共産党作家会議に出席した者の名前をあげるようにといわれたとき、「他人の名前をだすことは私の良心が許さない」と拒否し、そのため国会侮辱罪にとわれ、一九五七年五月に有罪とされたが、五八年八月の控訴審では無罪となった。

マリリンの存在は世論を味方にした。国会侮辱罪にとわれたものの、旅券はおり、二人は六月二十九日に結婚し、七月にはイギリスに渡った。ミラーがマリリンに贈った金のウェディング・バンドには、「AよりMへ　一九五六年六月　今を永遠に」と刻まれていた。マリリンは三十一歳、ミラーは四十一歳であった。

一九五七年の夏マリリンは流産した。落胆した失意の彼女をはげますため、ミラーは自分の小説「不適応者たち」（邦訳映画題名「荒馬と女」）をシナリオにすることを提案した。マリリンとの四年間にわたる結婚生活のなかで、ミラーがした仕事はこれだけである。「荒馬と女」のシナリオは一九五八年七月に完成したが、マリリンは「お熱いのがお好き」の撮影を目前にひかえていた。

一九五九年一月ミラーは、五年ごとに優れた芸術家にあたえられる、アメリカ文芸協会の金賞を授与された。また五月には、それまで一度もオスカー賞に指名さえされなかったマリリンが、「王子と踊子」でフランスとイタリアから演技賞をうけた。これによってマリリンは演技への意欲をもやし、週に二回アクターズ・スタディオにかよい、ユージン・オニールの「アンナ・クリスティ」の試演にも参加した。しかし一方その生活は、かろうじて生きているという状態だった。マリリンは一種の完全主義者で、不可能をみずからに課して、傷ついた。故意か偶然か、睡眠薬の飲みすぎによる自殺騒ぎを再三おこしたのも、この頃である。ミラーもマリリンも、クェンティンとマギーと同様、たがいに求めるものが多く、与えることが少なかった。マリリンはマグダラのマリアにはなれず、ミラーはイエスではなかったのである。

一九六〇年一月、マリリンは、会社との契約により、イブ・モンタンとの「恋をしましょう」の撮影にはいった。そしてモンタンの妻シモーヌ・シニョレがフランスに帰り、ミラーがニューヨークに行っている間に、モンタンとマリリンのあいだに関係が生じた。二カ月の撮影のあとモンタンはシニョレのもとに戻ったが、マリリンとミラーの仲は決定的なものになっていた。ただ、「荒馬と女」の完成まではこのままでいようということで合意した。夏からの「荒馬と女」の撮影が十一月五日に終ったあと、一九六〇年十一月十一日、二人は離婚を発表し、翌年の一月に正式に別れた。

一九六〇年九月に封切られた「恋をしましょう」も、一九六一年二月に公開された「荒馬と女」も、評判は芳しくなかった。演技に開眼した大スターの最後の二作が、皮肉にも、大衆に拒否されたのである。そしてマリリンは、一九六二年八月五日の未明、ロサンジェルスの自宅のベッドで死体となって発見された。睡眠薬による自殺だといわれている。

マリリンは草花や鳥を愛した。また、たずねてくるミラーの子供たちを、「毀れた家庭の子供」だというので可愛がり、ミラーには彼らに冷たすぎると文句をいった。マリリン自身も「毀れた家庭」に育った。

彼女の死を聞いたとき、ミラーは次のような感想をもらした——

「いずれはそういうことにならねばならなかったのだ。いつか、どういうふうにだかは、わからなかったが、避けられないことだったのだ」

「彼女が単純だったら、彼女を助けるのも容易だったろう。ほんの少し運がよければ、そうなれたろうに」

ミラーはオーストリア生れの写真家インゲボルク・モラス（三十八歳）と一九六二年二月十七日に結婚した。「転落の後に」のホルガにあたる人物である。

「ヴィシーでの出来事」は一九六四年十二月、「転落の後に」とおなじＡＮＴＡワシントン・スクエア劇場でハロルド・クラーマンの演出により、幕間なしの九十分で上演された。ミラーはこれを、友達の知人が一九四二年のヴィシーで実際に体験した話をもとにして書いた。

薄暗い、殺風景なこの留置場は、普通の市民が日常の生活をいとなむ外の世界と、左手のドアの内なる地獄のあいだにある煉獄なのだ。地獄で宣告をうけた者の送られる先がアウシュヴィッツである。

アウシュヴィッツ強制収容所は、一九三九年の強制収容所設置法にもとづき、一九四〇年に開設された。当初はポーランド人をはじめ、占領地域の反ナチ分子を収容し、強制労働に従事させていたが、一九四二年以降はユダヤ人殲滅のための施設となり、ヨーロッパ各地から貨車で運ばれるユダヤ人を大量に殺害した。第二次世界大戦間に虐殺されたユダヤ人は六百万人といわれるが、そのうちの二百五十万ないし四百万人がここで殺された。数が確定できないのは、貨車で着いてそのままガス室に送られた者があまりにも多く、記録が残っていないからである。

「ヴィシーでの出来事」も、生きること、生き残ることとの意味を問いかけた作品である。フォン・ベルクの「いったい何がわれわれを救ってくれるのか?」という叫びは、劇が終ってからも鳴り響く。そういえば、「転落の後に」にせよ、「ヴィシーでの出来事」にせよ、幕はおりても、それで終らない。クェンティンには新しい人生による充足の保証はないのだし、フォン・ベルクのドラマが終ったところからルデュックのドラマが始まるのである——罪と責任の重荷を背負いながら。

なお翻訳にあたって使用したテキストは、*"After the Fall, Revised final stage version, December 1964, New York, The Viking Press"* と *"Incident at Vichy, Penguin Books, 1985"* である。

解説

一九六四年のアーサー・ミラー

アメリカ演劇
一ノ瀬和夫

アーサー・ミラーの戯曲を上演順に年表にしてみると、長い空白部分が一ヵ所できる。一九五五年に『橋からのながめ』と『二つの月曜日の思い出』が上演されてから（『橋からのながめ』は一幕劇から二幕劇に書き改められ、翌年、ピーター・ブルック演出によるロンドン公演があるが）、次に新作が登場するまでの九年間。三三歳の時に発表した『セールスマンの死』（四九）で演劇界を席巻し、続く『るつぼ』（五三）では、過去に実際に起きた魔女狩りに託してマッカーシズム（狂信的赤狩り）に染まる当時のアメリカの在り方を抉って、自他共に認める社会派劇作家の前衛としての位置を不動のものとする一方、『橋からのながめ』においては理性だけでは割り切れない人間の情念に迫り、全速力で劇作家としての感性と可能性を縦横に拡げているかに思われた、当時まだ四十代にあったピューリッツァー賞受賞作家としては、あまりにも長い空白である。本書に収められた『転落の後に』と『ヴィシーでの出来事』は、この九年に及ぶ沈黙にようやく終止符を打ち、演劇界への復帰に際してミラーが世に問うた作品なのである。従って当然のことながら、作品の上演時における観客の関心は、その内容とともに、そこから読み取ることのできる九年という空白の意味の解読にあったと想像してみても、あながち見当違いではないだろう。

事実、両作品のうちとりわけ『転落の後に』には、空白期間におけるミラー自身の、世間にもよく知られた実生活の一面が色濃く映し出されていた。そのため劇評は、ごく少数の例外を除いておしなべて、舞台芸術として分析するというよりも、主人公クェンティンを作者自身と見なし、そこで描かれた彼の姿勢を問題化して批判するといったものとなってしまったのである。その結果上演は完全な失敗に終わり、ミラーにとって演劇界復帰は、苦い後味を残すものとなる。本来、芸術作品を分析、評価するときに、作者の実人生を判断の物差しにするというのは、あまりにも安易で素朴過ぎる方法であることは言うまでもない。その意味で、この時の舞台に対する低評価には問題があるが、一方で、非は批評する側ばかりにあったと言い切ることも出来ない。というのは、おそらくほとんどすべての批評家、観客が、モデルとなった実在の人間を反射的に思い浮かべざるを得ないような人物の、暴露的とも言える赤裸々な姿がそこには描き込まれていた。第二幕の中心人物となるクェンティンの二番目の妻、マギーがその人であり、観客が彼女に見たのは、ミラーの二番目の妻、マリリン・モンローの姿だったのである。

言うまでもなくミラーは、テネシー・ウィリアムズとともに第二次大戦後のアメリカ演劇を牽引した、名実共にアメリカ現代演劇を代表する劇作家だが、ウィリアムズには心理的、情緒的、叙情的で非政治的な作風というイメージがあるとするならば、ミラーのそれは、社会派で理知的、分析的でかつ政治的ということになる。まさに知性派を代表する存在だったそのミラーが、一九五六年、アメリカの「セックス・シンボル」として絶大な大衆的人気を誇る映画スター、マリリン・モンローと結婚したのである。世間の目からすればあまりにも対極的なイメージを持つ二人の結婚は、それだけでも話題に事欠かなかったが、直前にミラーが下院非米活動調査委員会の審問を受けたこともあって全米の注目を集め、マスコミの恰好の餌食ともなった。嵐の中の船出としか形容しようのない結婚ではあったが、その後数年は、互いの気持ちが通じ合う穏やかな時もある生活が続いたようである。しかし、五〇年代末になるころにはそれぞれの思いの行き違いが決定的となり、ミラーがモンローのために書いた映画台本『荒馬と女』の撮影終了後、一九六一年一月に二人は離婚に至る。そしてその約一年半後、モンローは睡眠薬の過剰摂取で亡くなってしまう。

『転落の後に』の幕が上がったのは、モンローのその衝撃的な死からわずか一年五カ月後のことだったのである。劇中で煩悶するクェンティンが、観客の意識の中では、モンローに対する責任を放棄して生き延びようとするミラーその人として焦点を結んでしまうのも無理からぬことで、上演が不評に終わったのも当時としては必然の結果だったのかもしれない。ただ、近すぎると見えない真実も、ある程度距離を置くことで見えてくることはある。例えば、アメリカ初演と同じ年、ニューヨークから遠く離れたローマで上演されたフランコ・ゼフィレッリ演出版は、高く評価されている。その意味で『転落の後に』は、ミラーもモンローも既に過去の歴史となった現在ようやく、先入観から解放された、舞台作品そのものとしての評価が可能になったとも言える。

そこでモデル問題はひとまず脇に置き、改めて『転落の後に』に向き合ってまず気づくのは、以前の作品とは大きく異なる、その物語の語られ方である。ミラーと言えば基本的に「リアリズムの作家」と見なされているが、ここでは写実的な舞台構成はすべて排され、クェンティンの記憶や想念が舞台上で半ばとりとめなく展開していく。『セールスマンの死』でも、現在進行形の物語の中に主人公が想起する過去の記憶が挿入されるという方法が用いられたが、『転落の後に』では、語り手である主人公の意識の流れを強調することで、劇構造はより流動的で複雑なものとなっている。この点を糸口とすると、九年に及ぶミラーの沈黙の意味にまた新たな光を当てることが可能になる。

視線をミラー本人から一旦移動して、劇作家として彼が沈黙した一九五〇年代半ばから六〇年代初めの演劇を含む芸術文化状況を俯瞰してみると、ヨーロッパではサミュエル・ベケットの『ゴドーを待ちながら』（五三年、パリ初演／五五年、ロンドン初演）を皮切りに、いわゆる不条理演劇の波が拡がり、アメリカではビート・ジェネレーションの運動が起こっている。いずれも既成の概念や価値観の否定を前提とするもので、とりわけ演劇はこの時期、内容、形式ともに未曾有の変貌を遂げる。この状況のなかで一九一五年生まれのミラーは、攻める側ではなく守る側の旧世代に属していたわけで、自らが実践してきたリアリズムを基本とする演劇と、そういった伝統に反逆する演劇との間に生じる齟齬を意識せざるを得なかったであろうことは、想像に難くない。つまり、この時期のミラーの沈黙は、モンローとの結婚はあったにせよ、より本質的には、演劇の在り方をめぐる彼自身の葛藤を物語るものだったと考えてみてもいいのではないか。そして、その葛藤の末に導き出されたミラーの結論が、『転落の後に』なのである。

ではミラーの演劇は、『転落の後に』で変わったのだろうか。答えは、変化したが、同時に変化しなかったということになるだろう。形式については既に触れたが、リアリズム一辺倒の、神的視点に支えられた劇構造を大きく転換し、個の視点を前景化した語りを導入している。それによって、観客はより能動的に舞台を受容することが可能になり、この方向性は、確実に「新しい演劇」に接近するものである。しかし、人間の原罪まで視野に入れながら、自らの行為の是非を執拗に問い続けるクェンティンの姿は、それまでにミラーが描いてきた主人公たちにほぼ寸分違わず重なるもので、そこに変化は見られない。というよりも、ミラーは強い意志として、自らのテーマを変えようとはしなかったと言った方が適切かもしれない。『アーサー・ミラー自伝〔下〕』（一九九六、早川書房）からも窺えることだが、そもそもミラーは不条理演劇にしろビート・ジェネレーションにしろ、それらの運動を支える思想の内実に対して懐疑的であったことは明らかで、彼が取り組んできた人間と運命、人間と社会の関係、そしてそこから生じる責任といった問題は、時代や状況の変化に晒されても消えるものではないという確信の表明が、『転落の後に』の狙いの一つだったとも考えられる。その視点に立てば『転落の後に』は、初演時には全く理解されなかっただろうが、人間と歴史をどう認識するかをめぐる、旧世代から新世代に向けての問いかけだったと言えなくもない。

このように捉えてみると、『ヴィシーでの出来事』が復帰第二作となった意味もおのずから明らかになる。『転落の後に』の舞台には、登場人物たちを常に見下ろすナチスによる強制収容所の監視塔が、根源的なテーマを暗示するものとして象徴的に配置されていたが、『ヴィシーでの出来事』では掛け値なしの写実的設定の中で、生々しいナチスのユダヤ人狩りが臨場感をもって描かれる。つまりミラーは時代の変化のなかで、方法（スタイル）に一時は関心を払ったものの、より内容（テーマ）を優先する道を選択したのである。きっかけが何であったのか、それはわからないが、六〇年代は政治、文化、社会すべての領域で様々な価値観が激しくぶつかり合う激動の時代だった。その渦中でミラーは、スタイルによってではなく、自らの信ずる思想で時代に向かって警鐘を鳴らすことの必要性を、切迫した思いで自覚したのかもしれない。

一九六四年はミラーにとって、復活の年であるとともに選択の年でもあった。その選択が観客にどう受け止められ、劇作家としてのミラーをどこに導くことになったのか、それはまた別の話ではある。ただ、ミラーが粘り強く取り組み続けた、人間の有罪性を自覚すること、そしていかに真実と向き合うのかという問題は、「ポスト真実」の言説の増殖とともに、「オルト・ライト」が跳梁跋扈する現代社会に生きるわれわれにも時を超えて鋭く突き刺さる、重い問いであることに間違いはない。

二〇一七年三月

「転落の後に」

初演記録

一九八六年九月〜十一月　民藝（京都会館第二ホール、のちサンシャイン劇場ほか）

訳＝倉橋　健　演出＝渡辺浩子　出演＝伊藤孝雄、観世葉子、夏木マリ、奈良岡朋子、ほか

After the Fall by Arthur Miller

directed by Elia Kazan, produced by Repertory Theatre of Lincoln Center, was presented by ANTA Washington Square Theatre, on January 23, 1964. Jason Robards Jr. as Quentin, Mariclare Costello as Louise, Barbara Loden as Maggie, Salome Jens as Holga

「ヴィシーでの出来事」

初演記録

一九六七年三月〜五月　民藝（都市センターホール、のち紀伊國屋ホールほか）
訳・演出＝菅原　卓　出演＝大滝秀治、米倉斉加年、内藤武敏、内藤安彦、ほか

Incident at Vichy by Arthur Miller
directed by Harold Clurman, produced by Repertory Theatre of Lincoln Center, was presented by ANTA Washington Square Theatre, on December 3, 1964.
Paul Mann as Marchand, Hal Holbrook as A Major, Joseph Wiseman as LeDuc, David Wayne as Von Berg

本書収録作品の無断上演を禁じます。上演をご希望の方は、「劇団名」「劇団プロフィール」「プロであるかアマチュアであるか」「公演日時と回数」「劇場のキャパシティ」「有料か無料か」「住所／担当者名／電話番号」を明記のうえ、〈早川書房ハヤカワ演劇文庫編集部〉宛てに書面でお問い合わせください。

本書は一九八六年十月に早川書房より刊行しました『アーサー・ミラー全集Ⅲ』を文庫化したものです。

本書では作品の性質、時代背景を考慮し、現在では使われていない表現を使用している箇所がございます。ご了承ください。

訳者略歴　1919年生。早稲田大学文学部英文科卒，早稲田大学教授，演劇博物館館長を歴任，2000年5月没　訳書『アーサー・ミラー自伝』『北京のセールスマン』ミラー，『演技について』オリヴィエ〔共訳〕（以上早川書房刊）他多数

アーサー・ミラー

Ⅳ

転落《てんらく》の後《あと》に／ヴィシーでの出来事《できごと》

〈演劇38〉

二〇一七年四月　十日　印刷
二〇一七年四月十五日　発行

（定価はカバーに表示してあります）

著者　アーサー・ミラー
訳者　倉《くら》橋《はし》　健《たけし》
発行者　早川　浩
発行所　株式会社　早川書房

郵便番号　一〇一 - 〇〇四六
東京都千代田区神田多町二ノ二
電話　〇三 - 三二五二 - 三一一一（大代表）
振替　〇〇一六〇 - 三 - 四七七九九
http://www.hayakawa-online.co.jp

印刷・株式会社亨有堂印刷所　製本・株式会社川島製本所
Printed and bound in Japan
ISBN978-4-15-140038-4 C0197

本書は活字が大きく読みやすい〈トールサイズ〉です。